W0396118

# Bombe surprise

Du même auteur
dans la même collection

*Cauchemar dans la rue* (n° 64)
*J'étais Dora Suarez* (n° 116)
*Vices privés, vertus publiques* (n° 166)
*La Rue obscène* (n° 200)
*Quand se lève le brouillard rouge* (n° 231)
*Le Mort à vif* (n° 241)

dans la collection Rivages / Écrits noirs

*La Rue obscène*
*Mémoire vive*

dans la collection Rivages / Thriller

*Cauchemar dans la rue*
*J'étais Dora Suarez*
*Le Mort à vif*
*Quand se lèvre le brouillard rouge*

Robin Cook

# Bombe surprise

Traduit de l'anglais
par Jean Esch

*Collection dirigée par*
*François Guérif*

Rivages / noir

Ce livre est déjà paru en 1993,
aux Éditions Joëlle Losfeld,
sous le même titre

Titre original : *Bombe surprise*

© 1963, Robin Cook
© 1993, Éditions Joëlle Losfeld pour la traduction française
© 1997, Éditions Payot & Rivages pour l'édition de poche
106, bd Saint-Germain 75006 Paris

ISBN : 2-7436-0153-1
ISSN : 0764-7786

# I

Il était onze heures, en cette belle matinée d'été ensoleillée. Tim Spurmaway était couché dans son lit près de la fenêtre donnant sur King's Road, point de départ de toutes les bonnes aventures. Un bus traversa à faible allure la portion de rue qu'il apercevait ; les gens se pressaient ou flânaient, des gens gais, des gens gris, des gens dans le vent. Deux jeunes types de couleur passèrent d'un pas vif, chacun fouillant joyeusement dans le filet à provisions de l'autre. Tim était occupé à cocher ses pronostics à l'aide d'un pctit crayon d'agenda. D'un air maussade, il comparait la valeur respective d'Aston Villa et de Sheffield Wednesday – d'un air maussade parce qu'il avait trente-trois ans, qu'il lui restait juste cent livres en poche, et qu'il n'avait plus de nana depuis cinq heures et demie ce matin.

Une douce main féminine le caressait.

– Qu'est-ce que tu veux, Liz ?

– Devine.

– Non. Je n'ai pas du tout la tête à ça.

Soupir.

– Je ne te plais pas, Tim ?

Il fronça les sourcils dans l'obscurité.

– Non.

– Pourquoi ?

Il ne répondit pas. Répondre à cette question aurait constitué une entreprise extrêmement laborieuse.

– Oh, pour des tas de raisons... Mais je vais te dire ce qui me plairait.

– Quoi ?

– Mille livres.

Elle frappa l'oreiller du plat de la main.

– Je n'ai *pas* mille livres.

Silence.

– C'est pas ma faute, Tim, sincèrement.

– Si, c'est ta faute. Si tu voulais, tu pourrais parfaitement trouver mille livres. Tu pourrais vendre quelques valeurs.

– Je pourrais, mais je ne le ferai pas.

– Ah, tu vois ! Tu ne m'aimes pas vraiment.

– Pourquoi tu ne cherches pas un travail comme mon père te l'a conseillé ? Ce serait quand même mieux que d'essayer de soutirer de l'argent aux gens.

– Ce n'est pas pour cette raison qu'on travaille, pour soutirer du fric aux gens ?

– Si, d'une certaine façon.

– Eh bien, mon boulot c'est de rester couché là et de parler de fric avec toi.

– Tu es vraiment un sale type, Tim.

– Ah, tu recommences, Liz. C'est moche.

– Bon, arrêtons ces idioties ennuyeuses et faisons l'amour.

– Non, j'en ai marre de fournir un service de première nécessité gratuitement.

– Maman est furieuse à cause de *nous,* Tim.

– Si jamais tu parles encore de ça, Liz... Cette vieille guenon n'a qu'à me filer du fric pour se débarrasser de moi, dans ce cas.

Sanglots.

– Oh non, pas de larmes, Liz, pour l'amour du ciel !

– Tu t'en fous complètement, hein ?

– Oui. Mais j'aimerais bien dormir encore un peu.

– Tu es un type sans cœur. Je m'en vais. Maintenant.

– D'accord, bonne idée. Tire-toi et fous-moi la paix ! Et cette fois, ne reviens pas.

Il s'endormit, quand il se réveilla elle était partie. Ç'avait été une fin plutôt inattendue, mais quand il y réfléchissait, ça se terminait toujours de la même façon avec lui. Sans doute avait-il eu un comportement cruel, il n'avait rien remarqué ; quoi qu'il en soit, inutile de se dire qu'il n'était pas du tout comme ça en réalité. Le ciel prit ce redoutable aspect gris qu'il a parfois, et se mit à pleurer comme un enfant gâté. Tim raya la croix qu'il avait mise devant Leyton Orient, puis il raya toute la colonne. Ensuite, il ne sut plus quoi faire ; c'était comme manquer d'idée soudain à une table de roulette.

Il songea à écrire un roman policier. Un tas de gens le faisaient. Ils appelaient ça : *La mort frappe en bonnet de laine* ou un truc de ce genre, cela leur rapportait trois lignes dans la rubrique littéraire du *Daily Glare* et cinquante livres sterling. Mais que pouvait-on faire avec cinquante livres ? Il avait bien trop de dettes pour que cela lui serve à quelque chose. Grâce à Liz, finis les repas à l'œil pendant quelque temps. Il lui fallait une nouvelle Liz, de nouveaux vêtements, un bon coup de fouet. Il poussa un soupir d'agacement.

Osant à peine y croire, le Bourdon s'éloigna à pas précipités de la prison de Wandsworth. En marchant, il remplit ses poumons de l'air d'été et redressa les épaules. Toutes ces pénibles années écoulées se dissipèrent aussitôt par cette belle journée. A cette heure, il y avait peu de circulation : une voiture de laitier, une camionnette de la prison. Il la regarda passer d'un air méditatif. Il marcha jusqu'à une cabine téléphonique, plongea la main dans sa poche à la recherche de pièces de monnaie et sentit sous ses doigts les cent cinquante livres que Greg lui avait envoyées à la prison, dans l'attente de sa libération. Il composa un numéro.

– Radio Taxis, dit une voix d'homme. Quelle est votre adresse, *sir ?*

– J'appelle d'une cabine juste en face de la prison de Wandsworth, répondit le Bourdon sans réfléchir. Vous ne pouvez pas la louper.

– Désolé, nous n'avons pas de voiture libre.

– Et grouillez-vous, ajouta le Bourdon. C'est pour le sous-directeur.

Le ton changea.

– Tout de suite, *sir.*

Le taxi arriva peu de temps après. Le Bourdon donna une adresse dans Belgravia et s'enfonça dans le skaï de la banquette, ne cessant tout le long du trajet de faire craquer les billets dans sa poche et de secouer la tête d'un air attristé en contemplant les processions interminables et désespérées des gens qui se rendaient au travail.

Arrivé à destination, il paya la course et sonna à la porte. Un rideau se souleva prudemment une fenêtre sur sa gauche, mais quand elle le reconnut, la porte verte du petit appartement cossu s'ouvrit en grand, laissant apparaître Jennifer, Duquesa de Riofrio, vêtue d'une chemise de nuit à rayures roses et blanches qu'elle avait achetée, comme presque tout le reste, en soldes et à crédit dans une boutique de Chelsea. Avec le bruit sourd de deux corps qui se tamponnent, le Bourdon se jeta dans les bras de cette femme imposante et robuste qui avait commencé dans la vie comme fille d'un sous-chef de gare dans les Midlands. (Le Duque de Riofrio vivait dans une retraite forcée et un regret amer, dans ce que Jenny avait laissé de sa propriété près de Grenade. De là-bas, il lui envoyait, très irrégulièrement, par courrier ordinaire, des petites sommes d'argent en pesetas à l'instigation de son confesseur.)

– Oh, mon amour, mon amour, marmonnèrent-ils joyeusement. C'est vraiment toi, mon amour ?

Jenny l'attira à l'intérieur et s'affaira pour lui préparer un petit déjeuner – œuf poché sur un toast, pain de seigle, café instantané, tout cela d'un réconfort et d'une facilité tellement anglais – en se demandant si elle parviendrait à retarder le moment fatidique jusqu'à ce qu'il ait mangé, ou bien s'il faudrait en parler immédiatement, de cette chose qu'elle avait attendue si longtemps et qu'elle sentait courir délicieusement sur ses rondeurs, ses mamelons et ses os en tous genres comme du mercure chaud. Le Bourdon s'était précipité vers un miroir doré devant lequel il se trémoussait.

– Tu trouves que je n'ai pas changé, mon amour ?

– Tu es toujours le même, mon cœur.

– Quand je pense à ta gentillesse, pendant tout ce temps !

– Ah ! dit Jenny en agitant sa spatule d'un geste rageur, si seulement j'avais pu mettre la main sur le salopard qui t'a balancé, mon amour !

– T'es au courant, non ?

– Oui, bien sûr, mon chou... On l'a découvert noyé près de Wapping Steps.

Le Bourdon s'admirait dans le miroir.

– Evidemment, ce costume est minable, déclara-t-il. Faudra que j'aille faire un tour chez Masham aussitôt après le petit déjeuner. Tu viendras avec moi pour m'aider à choisir le tissu.

Elle l'enlaça.

– J'aimerais qu'on fasse autre chose *d'abord,* murmura-t-elle pudiquement. Avant même le petit déjeuner.

– Oh non, certainement pas avant le petit déjeuner ! répondit le Bourdon affamé en se trémoussant. Mon premier repas correct depuis presque deux ans.

– Bon, si tu y tiens, soupira Jenny avec tristesse en desserrant son étreinte. Attendons.

– Et j'ai un millier de coups de téléphone à passer.

– Tu vas habiter ici, hein ?

Le Bourdon promena son regard sur les meubles brillant autour de lui, le piano en noyer (un piano mécanique, en fait), le pot de capucines qui pendait discrètement à un crochet de l'autre côté de la fenêtre.

– Ma parole, murmura-t-il, c'est vraiment du tonnerre ici !

– Et *tout* à crédit, déclara la Duquesa de Riofrio avec fierté.

Mais au moment même où ils s'asseyaient pour boire leur jus de pamplemousse et discuter de leurs projets, un bruit de pas lourds dans la rue fit brusquement lever la tête à la Duquesa. Les pas s'arrêtèrent derrière la porte d'entrée, à moins de trois mètres de l'endroit où ils étaient assis.

Dans le silence étourdissant, on devinait la main redoutable qui s'apprêtait à frapper.

– Baisse-toi, chuchota Jenny d'un ton féroce, sinon il va nous voir par la fenêtre.

« C'est certain », songea joyeusement le Bourdon.

En rampant, ils traversèrent la moquette qui allait d'un mur à l'autre pour se mettre à l'abri dans le couloir obscur conduisant au « petit coin ». Pendant ce temps, l'huissier ne cessait de cogner à la porte, à coups de poing et de heurtoir.

– Je sais qui c'est, j'en suis sûre, confia Jenny à voix basse, tandis qu'ils s'installaient plus confortablement sur le sol. Soit c'est ce magasin épouvantable qui me harcèle depuis des années, soit c'est les impôts locaux... Ah ! mon chéri, quand ce n'est pas une chose, c'est l'autre. Je t'assure, on ne sait plus où donner de la tête.

– Ne t'en fais pas, répondit le Bourdon d'un air mystérieux, avec une étrange fixité dans le regard, les fascistes vont bientôt nous débarrasser de tout ce petit monde.

– Ça veut dire que tu envisages de te lancer dans la politique ? demanda Jenny.

– Parfaitement, c'est mon nouveau truc. De nos jours, y a un paquet de fric à se faire dans la politique.

– Mais tu ne penses pas que ton casier...

– Pour ce genre de guerilla politique, répondit le Bourdon avec modestie, on a justement besoin de desperados comme moi.

– Raconte-moi tout, dit Jenny, entre deux séries de coups violents frappés à la porte.

– C'est un parti qui s'appelle Angleterre Forte Angleterre Libre. Le Leader est sorti de prison la semaine dernière. Je dois le voir aujourd'hui. Je l'ai aidé à composer l'hymne du Parti. Il m'a proposé un poste.

– Oh, comme c'est excitant, *mon amour* ! Il a du fric ?

– Oui, il est plein aux as, et on aura notre part, tu peux me faire confiance.

– Et moi, quel sera mon rôle là-dedans à ton avis ?

– Je ne sais pas encore exactement, répondit le Bourdon de manière vague, mais je vois miroiter une idée.

Il lui montra les cent cinquante livres. Le regard de Jenny s'illumina.

– Tu vois, c'est du sérieux, dit-il. En attendant, il faut que je contacte quelqu'un pour m'aider à m'organiser.

– Qui ?

Sa réponse fut noyée sous une dernière rafale de coups frappés à la porte ; puis le calme, le calme absolu, revint. Des pas tristes résonnèrent de plus en plus faiblement sur le trottoir, avant de disparaître. Dès que tout danger fut écarté, le Bourdon se jeta sur le téléphone.

– Vois-tu, expliqua-t-il à Jenny en composant le numéro, j'ai besoin d'un second. J'ai *carte blanche* *. Plus du fric.

– Ça vient de *lui ?* demanda Jenny d'une voix exaltée.

– En personne, répondit le Bourdon d'un air grave. Et c'est beaucoup plus marrant quand on peut mettre ses potes dans la combine.

– Je dois reconnaître, dit Jenny en désignant la porte d'un mouvement de tête, que la perspective de gagner un peu d'argent ne pouvait pas mieux tomber. Je commençais vraiment à croire que j'allais devoir abandonner la maison et repartir à l'étranger, et je ne sais quoi encore.

* Tous les mots ou expressions en italique suivis d'un astérisque sont en français dans le texte.

## II

L'entrevue entre Tim Spurmaway et le Bourdon dans le salon de Jenny Riofrio ressembla à une conversation dans un fumoir entre deux généraux ayant fait leur temps, de vieux escrocs malins qui connaissaient les règles de la guerre comme le fond de leur poche et ne laissaient jamais l'austérité d'une campagne les priver du plaisir du champagne ni des femmes. Pour l'instant, Spurmaway se contentait de laisser traîner la conversation, sachant que tôt ou tard, le problème à affronter finirait par émerger, entier et tout dégoulinant, de la vague extrémiste. Debout devant la cheminée, ils discutaient avec l'enthousiasme d'officiers expérimentés qui ont été séparés par les hasards de la guerre, tandis que la Duquesa s'affairait autour d'eux pour leur servir des gin-tonics « haut-de forme », ainsi baptisés en plaisantant parce que vous versiez le gin par-dessus le tonic, si bien que la première gorgée était de l'alcool pur.

– Alors comme ça, tu ne te plaisais pas en taule ! disait Spurmaway d'un air songeur.

Il était songeur car, évidemment, une fois que

vous aviez fait de la taule, cela changeait votre statut ; il se trouve que lui n'y était jamais allé, difficile dans ce cas de savoir si cela pouvait accroître ou non le prestige d'un individu. D'un côté, vous aviez affaire à des gens qui étaient au courant des dernières tendances du monde du crime ; ils possédaient un tas de tuyaux concernant tel détournement de fonds ou telle attaque de banque ; d'un autre côté, on ne pouvait s'empêcher d'être assailli par un doute tenace dès qu'il s'agissait de faire affaire avec eux : après tout, le type s'était fait pincer. « Comme c'est amusant, se dit Tim, de penser que nous étions à l'école ensemble, à cette époque lointaine dont on se souvenait si rarement aujourd'hui : une tache de soleil entrevue sur un mur après un match de cricket, un coup, un cri, une parole, une petite baise vite fait derrière les courts de squash, les boutons rouge écarlate sur le visage du Bourdon qui remontait le courant, arc-bouté vaillamment au-dessus d'un aviron à bord d'une vieille embarcation gémissante. »

– *Il faut que tu me prennes au sérieux**, disait le Bourdon.

– Où est-ce que tu as appris ça ? demanda Tim, surpris.

– Oh ! fit le Bourdon, j'ai passé mon bac pendant que j'étais là-bas, j'avais que ça à faire.

– C'était le seul moyen de ne pas être obligé de repeindre les murs, expliqua Jenny en lui pinçant affectueusement le bras.

– Ils sont très branchés sur l'éducation à Wandsworth, là où j'étais, déclara le Bourdon avec fougue, comme un homme qui entend quelqu'un insulter son régiment et se dresse pour prendre sa défense.

Tim éclata de rire, Jenny lui jeta un regard indigné.

– Attends un peu, Tim, marmonna le Bourdon, tu iras en taule, toi aussi, tôt ou tard.

– Ça m'étonnerait. La taule, ce n'est pas pour moi.

– On risque tous de se retrouver à l'ombre pour un petit moment après le coup que j'ai prévu, déclara le Bourdon.

(Ah, on y arrivait !)

– Un autre gin, les gars ? demanda Jenny.

Ils lui tendirent leur verre distraitement.

– La question, dit le Bourdon, c'est : est-ce que tu as besoin de fric ?

– Ça, tu peux le dire.

– Eh bien, j'ai dégoté un pigeon, dit le Bourdon d'un air rêveur. Une sorte de vieux pédé, un peu bizarre. Une folle. Mais plein aux as.

Il ressortit l'épaisse liasse de billets.

– Y en a une partie pour moi ? demanda aussitôt Tim.

– Oui, cinquante livres, répondit le Bourdon. Si tu t'inscris au Parti. Je suis habilité à t'offrir un poste au sein d'Angleterre Forte Angleterre Libre.

– Ah ! la politique.

– Oui, la politique.

– C'est plutôt rasoir, non ?

– Ce n'est pas une obligation, répondit le Bourdon d'un ton détaché. Il y a des centaines de gens qui sauteraient sur l'occasion.

– Ah bon, et pourquoi ?

– Parce que le Parti va réaliser un coup d'Etat

dans quelques semaines, juste avant les élections. Tous ceux qui seront avec nous depuis le début...

– Bon sang ! Comment s'appelle ton pigeon ?

– Gregory Grindlay.

– Mince alors ! s'exclama Tim. C'est pas ce vieux cinglé de facho ?

– Lui-même.

– Et tu voudrais me faire croire qu'on est à la veille d'une révolution fasciste ? C'est un peu dur à gober, non ?

– Sincèrement, je ne vois pas pourquoi, rétorqua le Bourdon d'un ton glacial. Le Leader sait se montrer très convaincant.

– Oui, c'est un don chez ces types-là, répondit Tim.

Il y eut un assez long silence.

– Bon, c'est ton dernier mot ?

– Attends, je ne sais pas encore.

– Franchement, Tim, tu n'es plus le type que j'ai connu il y a quelques années.

– Laissons tomber tout le baratin politique ; ton but en vérité, c'est qu'on s'incruste parmi les fascistes pour voir si on peut pas en tirer quelques bénefs, pas vrai ?

– Pour parler vulgairement, c'est ça. Ecoute, dit le Bourdon qui commençait à perdre patience, tu veux gagner du fric ?

– Bien sûr.

– Bon, alors arrête un peu de te plaindre et écoute-moi.

A partir de là, les choses allèrent beaucoup mieux. Tim s'habitua peu à peu à l'idée de devenir fasciste, et les deux voix se transformèrent en un murmure insaisissable ; le premier débat au quartier général était bien engagé.

Dans une autre partie de la ville, Gregory Grindlay, une simple serviette nouée autour de la taille, debout devant le miroir de la salle de bains dans son appartement vaste et confortable de South Kensington, chantait :

« *Nous nous battrons, battrons, battrons avec passion*
*Jusqu'à ce qu'enfin nous vainquions !*
*Nous chasserons les nègres de notre pays*
*Et nous lutterons contre le juif ennemi,*
*Car l'Angleterre, l'*Angleterre *vire à Droite, Droite, Droite,*
*En route vers la victoire immédiate.* »

... En prononçant les mots « Droite, Droite, Droite », Gregory martela le sol avec son pied encore rose après le bain de mousse, et il fit le salut du Parti devant la glace.

– Hé, hé, pas mal, pas mal du tout ! dit-il à voix haute en rougissant sous l'effet de la ferveur.

C'était l'hymne que le Bourdon l'avait aidé à composer à Wandsworth ; ils échangeaient discrètement leurs brouillons sur le terrain de sport. Gregory (il aimait que ses amis l'appellent Greg) le chanta de nouveau sur le thème de la *Marcha Real*, l'air qu'il avait finalement choisi, car il était facile à retenir, parfaitement adapté et il avait quelque chose de glorieux. Les paroles étaient peut-être, comme l'avait déclaré le Commissaire adjoint du Parti (cet homme aigri) des clichés éculés, d'une banalité révoltante, mais Greg les aimait bien, et il était sûr qu'elles sauraient séduire le peuple.

A cet instant, une voix venue de la pièce voisine lança d'un ton joyeux :

– Hé, Gregory ! j'peux t'emprunter ton peigne ?

Un visage apparut à la porte de la salle de bains, permettant d'entrapercevoir le Peuple de près, en jean et blouson de cuir noir dans le style motard. Le Peuple observa le corps boursouflé et chauve de Greg avec des yeux remplis de fourberie.

Greg fit la grimace.

– Non, mon chéri. Je ne te prête pas mon peigne.

Le Peuple fronça les sourcils à son tour. Sa coiffure en queue de canard avait besoin d'un coup de peigne ; il était déjà trois heures moins le quart de l'après-midi, et s'il ne se dépêchait pas, il allait arriver en retard au café *Do-Ré-Mi* dans Soho, or il avait envie de boire un petit café en poudre vite fait avec les gars avant de retourner au tapin. Le Peuple ordonna toutes ces pensées avec des mots. Une fois prêt, il dit lentement :

– J'ai été bon au lit cette nuit, hein ? Tu faisais moins d'manières hier soir quand t'étais bourré, pas vrai ? Et t'as pas refusé le joint que j't'ai offert c'matin, pas vrai ? Et maintenant que j'veux t'emprunter ton peigne, tu m'envoies balader. Qu'est-ce que j'ai ? Tu trouves que j'suis pas assez propre, hein ?

En disant cela, le Peuple s'avança vers Greg d'un air menaçant.

– Non, ça n'a rien à voir, répondit Greg d'une voix forte, en reculant et en se cognant contre les chiottes. Je ne prête pas mon peigne ! A personne ! Ce n'est pas que je te trouve trop sale, bien évidemment (Oh ! espèce de menteur, Greg, se dit-il), tu es blanc, jeune et gentil, mais Je n'aime pas ça, voilà tout.

Les nerfs étaient tendus ; l'un et l'autre avaient un peu la gueule de bois.

– Tu veux savoir c'que t'es ? dit le Peuple.

– Non, mon chéri.

– J'vais te l'dire quand même c'que t'es.

(Mon vieux Greg, voilà ce qui arrive quand on se mélange au peuple le samedi soir, se dit Greg.)

– Bon, et alors, qu'est-ce que je suis ? demanda-t-il avec une désinvolture qui parut tristement forcée.

– T'es qu'un vieux dégueulasse, dit le Peuple, voilà c'que t'es. Rien qu'un vieux con dégueulasse ; un gros tas plein de graisse et de bouillie, avec une tête pleine de... (le Peuple chercha ses mots)... pleine de bouillie elle aussi. Ouais, parfaitement, dit le Peuple satisfait de lui, de la bouillie de cerveau, espèce de vieux dégueu.

– Fiche le camp ! Fiche le camp d'ici ! bredouilla Grcg, privć dc cettc bonhomic qui lui valait l'affection des vieilles dames de Kensington – où il exposait les objectifs du Mouvement et recevait les chèques qui lui permettaient d'accroître ses finances. Sors de chez moi ! Et je ne veux plus jamais te revoir, espèce de... de...

– A ta place, j'la fermerais, dit le Peuple d'un ton de mise en garde.

– Tu n'es qu'une sale petite...

– Sinon, j'vais t'flanquer une mandale qui...

– Salope !

*Bang !* Greg reçut sa mandale qui l'envoya dinguer dans la baignoire.

– Là, tu vois ? dit le Peuple en reculant pour contempler son œuvre avec satisfaction. Et t'auras droit à la même chose si tu recommences à m'parler comme ça.

Sur ce, il s'éloigna.

– Mouvement, mon cul, cracha-t-il d'un ton indigné. J'ai jamais entendu des conneries pareilles.

C'est à ce moment-là que Greg remarqua, en essuyant le sang qui coulait sur son visage, que les poches du Peuple étaient bien plus gonflées qu'hier soir.

– Hé, espèce de petit voyou ! s'exclama-t-il. Qu'est-ce que tu as fourré dans tes poches ? C'est à moi toutes ces choses !

Le Peuple haussa les sourcils avec un mépris hautain.

– Quelles choses ? De quoi tu parles ?

– Comment... Comment oses-tu ? s'emporta Greg.

Le Peuple fit semblant de comprendre tout à coup.

– Oh, tu veux parler de ces saloperies.

Plongeant les mains dans ses poches, il sortit lentement de la première, l'extrémité d'une brosse à cheveux en argent, et de la seconde, une toute petite bouteille de parfum ayant appartenu à la mère de Greg.

– Combien ? demanda le Peuple.

– *Combien ?* Comment ça *combien ?*

– Joue pas au vieux con, répondit sèchement le Peuple. Tu m as très bien compris, combien tu me files pour ces machins-là ?

– Tu veux de l'argent ? Oh ! Non, impossible, je n'ai rien ici.

– Dans ce cas, va falloir aller en chercher, pas vrai ?

– Sale petite ordure, dit Greg. Je compte jusqu'à cinq, si tu n'as pas reposé tout ça, j'appelle la police.

– Oh, ça m'étonnerait, ricana le Peuple, t'appelleras pas les flics. Avec tes machins de détraqué, sans compter qu'tu viens d'aller en taule à cause du truc que t'as fait avec moi cette nuit. Va te faire foutre !

– Bon, dit Greg après un long silence, combien veux-tu ?

– Vingt-cinq billets, répondit aussitôt le Peuple, pas un penny de moins, et j'trouve que tu t'en tires à bon compte. J'pourrais t'réclamer bien plus que ça.

– C'est... c'est beaucoup trop.

– Alors : oui ou non ?

– Oui...

– Faut que tu t'grouilles d'aller à la banque. Il est presque trois heures, dit le Peuple en consultant une montre dorée très bon marché qui, en dépit de l'inscription sur le cadran, n'était pas étanche.

Tandis que Greg quittait rapidement la maison, le Peuple, installé dans un fauteuil dans la bibliothèque ensoleillée, déboucha le whisky de son hôte, en songeant que même s'il existait des moyens plus agréables de gagner sa vie, celle-ci offrait certaines compensations – ce qui était justice, compte tenu de toutes les fois où il devait supporter des vieux pervers comme Greg. Assis là dans le soleil de cette fin d'après-midi, l'idée du chantage lui traversa l'esprit. Sans doute se serait-elle contentée de le traverser et de disparaître, comme toutes les idées du Peuple généralement, si une rencontre fortuite un peu plus tard au *Do-Ré-Mi* n'avait pas interrompu ce processus naturel, lui faisant prendre une tout autre direction.

– Voilà donc l'idée générale, déclara le Bourdon en se frottant les mains et en se levant.

– Nous avons intérêt à aller voir Greg le plus tôt possible, dit Tim.

Il s'approcha du miroir, prit la pose et écarta les bras.

– Amis ! Amis du peuple ! entonna-t-il avec fougue.

– Oui ! c'est ça. Vas-y ! s'écria Jenny en sautant sur place. Nous serons derrière toi pour t'encourager !

– C'est la première fois que je m'attaque à une combine aussi tordue, dit Tim en s'interrompant, l'air songeur. Mais je suppose qu'il y a un joli paquet de fric à se faire.

– Exact, dit le Bourdon. Mais la politique d'abord, n'oublie pas.

– Je n'oublierai pas, évidemment.

– C'est ça le truc, dit Jenny en fouillant dans son sac à main à la recherche de *poppers*, faut leur en mettre plein la vue.

Les autres se servirent de son gin.

Je vais te dire un truc, chuchota le Bourdon à l'oreille de Tim, je n'aimerais pas être à sa place, pour rien au monde, si jamais elle tapait dans l'œil de Greg.

– Ça m'a tout l'air d'un supplice pire que la mort, répondit Tim ; puis il ajouta, avec un petit coup de coude au Bourdon, et je te conseille d'ouvrir l'œil toi aussi, mon gars. Il est dingue de toi, si j'ai bien compris.

Le Bourdon vida son verre et frissonna

En remettant à leur place tous les *bibelots** déplacés par le Peuple, Greg se répéta pour la millième fois qu'il allait revenir dans le droit chemin à partir de maintenant. Puis il se dirigea vers une penderie, ouvrit la porte fermée à clé et caressa amoureusement l'uniforme noir qui y était suspendu, orné d'insignes, de décorations et de boutons en métal précieux. Il venait juste de s'offrir le titre de Général du Mouvement après le rassemblement de Wapping, personne n'ayant voté contre lui à l'exception du capitaine Durrell, le Commissaire adjoint du Parti. Gregory fronça les sourcils. Il s'approcha du miroir, devant lequel il passait de longues heures chaque jour, découvrit la large bande de sparadrap sur l'arête de son nez, là où avait atterri le coup de poing du Peuple, il grimaça de douleur et poussa un profond soupir. Oh, la futilité et la mesquinerie des querelles internes du Parti ! La bassesse du capitaine Durrell qui, avec ce simple vote, avait gâché son triomphe ! Les yeux fixés sur sa blessure, il se sentit glisser vers un délicieux rêve éveillé dans lequel cette petite cicatrice provenait d'un coup donné par un docker brutal rendu fou de chagrin et de colère par son existence misérable, sa horde d'enfants affamés, sa souillon de femme, son maigre salaire pillé de mille manières par une démocratie aux mains des juifs... lui-même, reconnu désormais comme le Leader, l'Ami du peuple, le Sauveur, se déplaçant avec grâce parmi les hordes qui le portaient en triomphe... l'uniforme noir (Au fait, je dois *absolument* dessiner une sorte de Croix des Templiers, penser à le noter), les réceptions éclatantes, la Reine elle-même déclarant au cours de leur première entrevue... oui, des rapports courtois avec Sa Majesté, pas de grossièretés comme Mussolini à l'égard de ce pauvre vieux Victor Emmanuel – un brave type ce Mussolini, mais malavisé, abusé, un précurseur, trop aisément influençable – ce Ciano, pire que Durrell, toujours en train de pleurnicher et de faire des esclandres, comment pouvait-il en être autrement ? des dîners somptueux... regagnant à bord de sa Rolls son palais du Surrey érigé par la nation *reconnaissante*. Si son *confrère** en France, Bouton, parvenait lui aussi à succéder à De Gaulle au pouvoir, alors, peut-être, pourrait-on envisager un échange de palais ; un palais pour Bouton quelque part dans les Midlands, afin qu'il ne descende pas à Londres trop souvent – un type plutôt vulgaire en fait ce Bouton ; on ne pouvait pas le supporter bien longtemps – oui, et un palais pour lui à Antibes. Un endroit délicieux, associé à Winnie dans l'esprit du public ; oui, formidable ; c'est ça, avec un solarium tout en or à l'intérieur du palais, il avait encore du mal à se l'imaginer... un plafond en cristal opaque au-dessus de son trône (en or le trône, évidemment), un endroit pour se détendre, *plus* une salle d'audience... les rayons du soleil qui passent à travers le cristal et qui l'enveloppent d'un torrent de lumière... où les gens humbles, les petits, triturant nerveusement leur chapeau entre leurs mains, tout en bas, suppliant qu'on leur accorde deux minutes d'audience, et lui, évidemment, se penchant avec bonté du haut de la galaxie des fonctionnaires et de la police éclatants de lumière, avec des lunettes noires et un chapeau de paille pour se protéger des rayons du soleil et éviter d'être brûlé... non, le chapeau de paille ça ne va pas, trop vulgaire... Les Italiens possèdent d'excellents modistes : ils lui dessineraient un couvre-chef approprié, Goncelli... et, bien entendu, un adorable jeune garçon, un Arabe, peut-être, ou.. non, quelque chose de vraiment exotique. Un Perse ? Non, c'était un peuple déloyal – les Anglais étaient peut-être les meilleurs tout compte fait – quoi qu'il en soit, une délicieuse petite créature d'une dizaine d'années à la chair ferme qu'il pourrait caresser tendrement et prendre sur ses genoux. S'il était vraiment adorable, s'il lui laissait faire toutes ces choses, oui, et même la chose, avec le fouet et la chaîne de montre, le grand jeu quoi, et s'il n'était pas trop avide de pouvoir, le petit chéri, jusqu'à ce qu'il grandisse en tout cas (quelle tristesse cette histoire de croissance ! Mais bientôt, il demanderait à la médecine de se pencher sur ce problème...), oui, peut-être qu'il nommerait le petit amour conseiller d'Etat ; et le soir, il le parerait d'une croix de l'Ordre des Templiers éclatante, ornée de pierreries (le mot allemand était plus beau, vraiment, oui : *Ritterkreuz*)... autour du cou... pendant qu'il... Non ! Il devait cesser d'y penser, cela le mettait dans un tel état... En attendant, le dénommé Bourdon... un chouette type celui-ci, oui, il le nommerait avec son ami... mais il fallait d'abord voir comment ils se comportaient dans la mêlée de la bagarre politique. On ne savait jamais trop avec ces foutus anciens élèves des écoles privées, une fois qu'ils quittaient le droit chemin (« il s'en était sacrément écarté ce Bourdon », songea Greg vertueusement)... il pouvait éventuellement lui donner du galon au départ, et l'éliminer ensuite, pour parler franchement. C'était du ressort de Crisso. Etape suivante du programme : trouver une femme. Il devait offrir au peuple l'image d'un citoyen honnête, vertueux et équilibré, avec des goûts normaux, la petite bourgeoisie avait tellement horreur de... Oui ! voilà ce qu'il lui fallait : une dame... (il esquissa un sourire en enrobant son titre d'une belle expression)... « une Première dame officielle ». Evidemment, ce titre serait destiné aux registres du Parti. Pendant ce temps, dans les coulisses... si le Bourdon tenait sa promesse, il pourrait s'avérer très utile dans le rôle d'*entremetteur* et d'intermédiaire à tout faire, une sorte de chambellan... parfait, parfait. S'il se montrait à la hauteur, son ascension au sein de la hiérarchie du Parti serait d'autant plus fulgurante, voilà tout. Le poste idéal et le salaire idéal pour l'homme idéal, mais avant tout, il doit toujours demeurer à Droite, Droite, Droite, et encore à Droite jusqu'à ce que le monde entier se dresse, avec lui à sa tête, à l'aube de la nouvelle ère droitiste... Hitler était un fou, Mussolini un aventurier incompétent, et Franco un homme d'affaires cynique, mais lui, Gregory Grindlay, le Supremo, le Leader, il était différent, tellement différent !

## III

Le capitaine Durrell, Commissaire adjoint du Parti, ôta ses lourdes chaussures cloutées et se rassit dans son fauteuil sale. Dérivant anxieusement en quête d'un perchoir, le soir à Swiss Cottage [1] s'abattit lourdement sur ses épaules. Le capitaine Durell observa une Mrs. Durrell soumise et fronça les sourcils. Puis il s'exprima d'une voix rapide et saccadée.

– L'amour, dit-il avec colère – en réponse à la question de savoir s'il préférait du haddock ou du hachis Parmentier pour le dîner –, est une chose dégoûtante. Obscène.

– Oh ! vraiment, Jim ! protesta Mrs. Durrell avec lassitude. Vraiment !

Son regard chargé de regrets glissa, comme il le faisait encore si souvent, vers le berceau en osier installé devant la fenêtre en saillie, continuant à accumuler la poussière comme au cours de toutes ces années effrayantes de mariage.

Le capitaine Durrell fit une remarque désagréable et sa voix se transforma en cri. Même

1. Petite localité entre Hampstead et St John's Wood qui tire son nom d'une vieille taverne (N.d.T.).

quand il parlait tout simplement, celle-ci donnait toujours l'impression d'être brimée, au prix d'un terrible effort de volonté qui surpassait parfois son propriétaire. De même, le capitaine Durrell tremblait de manière quasi permanente, de toute sa carcasse robuste, mais quand il criait, les taches de rousseur sur son visage et dans son cou rouges devenaient de gros points noirs. Il était professeur, mais il n'avait jamais été un bon professeur, sincèrement. Durant toute sa carrière il avait enseigné l'histoire dans des CES, grâce à un médiocre diplôme d'après-guerre. En son temps, il avait enseigné des masses, des tas et des monceaux d'histoire : si on avait pu empiler toute la somme d'histoire qu'il avait enseignée, on aurait dépassé la hauteur du tribunal d'instance de Marylebone, un endroit qu'il connaissait bien, car il s'y retrouvait souvent après avoir pris une cuite. Impossible d'empêcher le capitaine Durrell de se battre quand il était ivre, qu'il aille au *Four Stars* pour hurler des propos politiques, ou qu'il reste chez lui pour se saouler au whisky, ce que Mrs. Durrell redoutait par-dessus tout, car, dans ce cas, c'était toujours elle qui recevait les coups. Un jour, les voisins appelèrent la police, car il avait tout cassé dans l'appartement, ce qui lui valut un entrefilet dans les journaux du soir ; après cela, le capitaine Durrell n'enseigna plus l'histoire pendant un certain temps, car il perdit son poste. Mrs. Durrell et lui durent alors se serrer la ceinture, et durant tout ce temps, bien qu'il ait déclaré mépriser le gouvernement, on constata que cela ne l'empêchait pas de toucher l'argent du Bureau d'aide sociale. Mais après ces quelques écarts de conduite, il retrouvait toujours du travail ; il savait se montrer énergique et convaincant, aussi bien durant les entretiens que durant ses cours, surtout en présence des directeurs d'école ou des inspecteurs envoyés par le rectorat. Cela parce que le capitaine Durrell pensait tout savoir, et il le disait à ses élèves d'une voix puissante qui résonnait à travers les murs de sa classe et perturbait les autres professeurs jusqu'au bout du couloir, tout comme les punitions sévères qu'il infligeait parfois. Il était très apprécié des directeurs d'école pour une simple et bonne raison : il n'y avait jamais de problèmes avec les classes qu'on lui confiait, et il aimait par-dessus tout avoir affaire aux plus indisciplinées. (Que Dieu protège le pauvre élève qui devait affronter le capitaine Durrell quand cette lueur meurtrière brillait dans son œil d'albinos !) Et si, après une entrevue avec lui, un directeur d'école clairvoyant s'inquiétait au sujet de la longue liste de postes occupés par ce candidat, ou s'il s'interrogeait sur son fort bégaiement et la façon dont les mots jaillissaient de sa bouche comme de gros soldats intrépides, sans prendre le temps d'enfiler leurs bottes, il finissait généralement par l'engager malgré tout parce qu'il avait un diplôme, parce qu'on manquait de professeurs, et que, comme le dit l'inspecteur : « Après tout, c'est un CES, n'est-ce pas ? »

Mais quand il n'y avait pas de directeur d'école ou d'inspecteur dans les parages, le capitaine Durrell se lançait dans des diatribes qui avaient très peu de rapport avec la période qu'il était censé enseigner. Apparaissait alors le capitaine Durrell romantique. Il donnait l'impression de s'exprimer enfermé dans un monde à lui, dangereusement proche non pas de l'histoire, mais du présent ; l'histoire tenait alors le second rôle, lui fournissant humblement des faits qui, à moins d'être soigneusement analysés (et ce n'était jamais le cas dans la classe du capitaine Durrell) donnaient au monde moderne un visage effrayant et fort déplaisant, quasiment méconnaissable à vrai dire. Il développait ces arguments d'une manière monotone et décousue, devenant de plus en plus rouge, agitant les poings – et, arrivé à son paroxysme, faisant parfois le salut militaire sur l'estrade – jusqu'à ce que son raisonnement et sa voix s'éteignent l'un et l'autre, et s'étendent comme une stupide excroissance de cellules cancéreuses (une maladie qu'il était persuadé d'avoir eue. Elle l'empêcha d'entrer dans l'armée jusqu'en 1944, date à laquelle il fut recruté comme réserviste, sans conteste l'officier le plus impopulaire qu'on puisse trouver à Victoria Station). Heureusement, tout ce qu'il disait, ou presque, passait largement au-dessus de la tête de ses élèves et à la fin de chacune de ses séances, il semblait sortir d'une sorte de transe, tandis que la rougeur de son visage prenait une teinte gris sale. En tout cas, hypnotisés ou pas, jamais aucun garçon ne se risquait à l'interrompre.

Que le capitaine juge l'amour obscène ou non, il avait sur le sujet les idées les plus bizarres, dont il avait réussi, jusqu'à maintenant, à étouffer la peur de les voir se matérialiser, grâce à la rigueur distillée par une éducation méthodiste au Pays de Galles. Mais chaque fois qu'il les chassait, elles devenaient plus épouvantables encore en son for intérieur. Très souvent, Mrs. Durrell – sans poursuivre jusqu'au bout la comparaison malheureusement – assimilait son mari à sa cocotte-minute. Celle-ci avait explosé un jour, l'ébouillantant grièvement, outre le fait qu'elle avait tapissé la pièce de déchets de choux de Bruxelles. Puis une soupape de sûreté était apparue – Dieu soit loué ! – sous la forme du Parti. Le capitaine Durrell était tombé par hasard sur une de leurs réunions près de la station de métro de Earls Court, où Greg, protégé par un garde du corps, haranguait les quelques personnes qui sortaient ivres du pub voisin. Le capitaine Durrell s'était inscrit immédiatement, et en deux ans de travail zélé, il avait enlevé le poste qu'il occupait présentement et qui s'accompagnait d'un salaire non négligeable, même s'il continuait à enseigner. Il était devenu indispensable au Parti qu'il avait rapidement façonné – parfois à l'aide de ses poings – apprenant à connaître chaque membre de la base, convertissant à ses idéaux les esprits les plus chauds comme les cœurs les plus froids, stimulant les adhésions, et insufflant de la vie dans l'Escadron Soixante (la police secrète, jusqu'à présent au sein du Parti lui-même), il contrôlait un certain nombre de voix qui provoquaient jalousie et inquiétude chez Greg ; et tous les officiers du Parti, au moins, savaient que tôt ou tard, une collision entre les deux dignitaires était aussi inévitable qu'entre deux trains qui foncent l'un vers l'autre sur la même voie.

Le capitaine et Mrs. Durrell ne faisaient jamais l'amour. Ayant pour seul point commun leur dégoût de Swiss Cottage, ils dormaient côte à côte chaque nuit, raides comme deux bâtons, dans leur petit appartement puant. (Récemment, tout l'immeuble avait été vendu à des Africains, entraînant une invasion de noirs. Depuis ce jour, Mrs. Durrell redoutait un incident encore plus que les factures, mais jusqu'à présent, il régnait une neutralité tendue. Les Africains apprirent rapidement à connaître les Durrell et leurs opinions politiques, et il n'y avait entre eux aucune espèce de relation. Au moindre problème, Mr. Ngwama, le propriétaire, avait menacé de les expulser, et les Durrell ne pouvaient se permettre de déménager. Le capitaine Durrell avait énormément de mal à supporter le poids de cette ignominie.)

En éteignant la lumière de la chambre, le capitaine Durrell aboyait « Gaaarde à vooous ! » au moment où ils prenaient place, et Mrs. Durrell, obéissante, s'allongeait dans cette position. Parfois, par inadvertance, ou bien dans son sommeil, elle empiétait sur l'espace fermement délimité de son époux. Immanquablement, cela le réveillait. Quand il était sobre, elle avait droit alors à une leçon de politique ; quand il était ivre, c'était une insulte, ou plus souvent une raclée. Elevée selon les principes d'obéissance absolue au mâle, et sans un sou de jugeote, il était heureux que Monica Durrell ne se demandât jamais pourquoi elle supportait tout cela, car sinon, elle se serait retrouvée entraînée dans toutes sortes de complications sentimentales désagréables. Mais cela ne s'était jamais produit. « La meilleure chose à faire, se disait-elle, c'était carrément de ne plus penser au sexe », et après une longue pratique assidue, elle parvenait, semble-t-il, à oublier que cela existait. Le plus curieux, c'est qu'elle aurait été plutôt jolie si elle s'était arrangée, si elle avait acheté des vêtements corrects, et si elle s'était intéressée à la vie. Mais le capitaine Durrell lui inspirait trop de craintes pour qu'elle songe à tout cela. Et elle n'avait que trente-neuf ans !

Les seules choses qui continuaient à la tourmenter étaient ses rêves. Elle montait (et descendait) à toute vitesse dans des cages d'ascenseurs, elle se heurtait à d'immenses champignons et se retrouvait dans d'étranges situations, à demi-confuses, qui déclenchaient parfois de légères pertes ou perturbaient la régularité de ses cycles. Certains rêves étaient presque des visions, magnifiques, toutes roses. Mais, à l'exception d'une vilaine éruption cutanée chronique pour laquelle elle possédait une pommade, elle participait à son existence avec indolence, et se souvenait rarement de ses rêves. Malgré tout, certains jours, une douceur indicible l'accompagnait durant toute la matinée depuis le moment où elle se réveillait, et parfois jusqu'à ce qu'elle se laisse tomber lourdement sur une chaise dans la cuisine pour sa tasse de thé solitaire de onze heures. Puis cette douceur s'évanouissait, remplacée par la monotonie.

Car Mrs. Durrell n'attendait désespérément qu'une seule chose de la vie, une idée persistante et pitoyable qui refusait de se laisser étouffer, malgré tous ses efforts : un enfant. Toutes ses autres envies pouvaient être immédiatement écartées comme appartenant au domaine de l'impossible, mais il n'en allait pas de même de ce désir. Il s'incrustait, tel un invité ivre, localisé, avec le maximum d'intensité, dans son ventre, et jamais plus loin que le berceau.

Durant les premiers temps de leur mariage, ils avaient tout de même réussi à faire l'amour une ou deux fois, jusqu'à ce que le capitaine Durrell y renonce brutalement un soir, en déclarant que ça ne marchait pas. Et, comble d'exaspération, ça n'avait pas marché. Monica était demeurée obstinément inféconde. Mais les chances étaient si faibles ; en outre, le capitaine Durrell n'avait pas souvent eu l'occasion d'éveiller le désir d'une femme. Il avait toujours trouvé cela ridicule ; à cette idée, ses gros doigts couleur brique se rétractaient, se repliant sur eux-mêmes plutôt à la manière d'un coup de poing, et se cachant furtivement, comme des animaux, sous la masse de poils noirs qui couvrait le dessus de ses mains. « Comme ce serait intéressant, songeait fréquemment Mr. Ngwama, un Nigérian cultivé, quand il se déplaçait personnellement pour percevoir le loyer, d'injecter une substance quelconque dans le gros bras rouge et tremblant du capitaine Durrell afin d'en savoir un peu plus sur sa prime enfance. » Assurément, quelqu'un avait davantage de responsabilités que le capitaine dans la misère journalière des époux Durrell, quelqu'un qui n'était sans doute même plus de ce monde. Un jour, il avait abordé ce sujet de manière très détournée avec Mrs. Durrell, lors de sa visite mensuelle, mais elle s'était renfermée sur elle-même avec un regard d'incompréhension, jetant des coups d'œil par-dessus son épaule à chaque instant, comme si son mari risquait de surgir. Pourtant, Mrs. Durrell se rappelait cet incident présentement, tandis que le mot « obscène » continuait à flotter dans la pièce flétrie. Elle soupira.

– Pourquoi ce soupir ? demanda-t-il d'un ton cassant.

« Pourquoi ce soupir ? » se répéta-t-elle intérieurement. Un instant, elle hésita à se jeter dans l'abîme en lui expliquant exactement pourquoi, mais elle recula devant cette épreuve cauchemardesque.

– Je ne sais pas, répondit-elle d'une voix fade.

– Alors, tais-toi ! répondit le capitaine Durrell en bourrant sa petite pipe de tabac bon marché.

Il est de fort méchante humeur ce soir, remarqua-t-elle ; une dizaine de signes, sélectionnés après une longue observation, lui en apportaient la preuve. Tout ce qu'il ferait ou dirait serait synonyme de mauvaises nouvelles, et encore de mauvaises nouvelles. Avec le capitaine Durrell, un malheur n'arrivait jamais seul. Ils venaient toujours par deux ou trois, ils galopaient en hordes. Quand il était énervé, il buvait. Quand il buvait, il se battait. Et quand il se battait, il massacrait quelqu'un, ou bien c'était lui qui se trouvait réduit en bouillie, et dans ce cas, il ne pouvait pas retourner travailler avant d'avoir retrouvé un aspect plus ou moins présentable. Conclusion, il perdait souvent son poste. Le malheur avait jeté son dévolu sur les Durrell, et il ne les oubliait jamais très longtemps. Au tribunal d'Instance de Marylebone, on le connaissait bien. Le policier en faction à l'entrée glissait à son collègue : « Regarde, Tom : voilà le capitaine qui revient chercher sa punition. » La punition en question était généralement une forte amende, pour laquelle Durrell réclamait un délai de paiement. Sans oublier les frais d'avocat. Parfois, le juge menaçait même de l'envoyer en prison. Une fois que le cycle infernal s'enclenchait, celui-ci était sans fin. Les frais de dentiste : il perdait habituellement une ou deux dents dans une bagarre. C'est ainsi que ça se passerait encore ce soir. Plutôt que de le questionner – il détestait être questionné – mieux valait attendre que la bombe explose.

Ce qui se produisit immédiatement.

– Il y a un complot pour se débarrasser de moi, déclara-t-il, tandis que sa pipe se consumait furieusement devant son visage.

Mrs. Durrell blêmit. C'était la pire chose qui puisse arriver.

– A l'école ? demanda-t-elle d'une petite voix.

– Evidemment, à l'école, répondit-il férocement, espèce de pauvre idiote.

Il était clair également qu'il avait fait une halte au *Four Stars* pour boire un coup avant de rentrer à la maison.

– Mais pourquoi ? demanda-t-elle.

Un sentiment de vide l'envahit.

– Je croyais qu'ils étaient contents de tes services.

– *Pourquoi ?* hurla-t-il.

« Oh ! mon Dieu, se dit-elle, ça recommence ! »

– Pourquoi ? rugit-il. Parce que cette école est le vivier du socialisme, voilà pourquoi. Dibley, le prof de science, je l'ai bien repéré celui-là. Et Cummings, qui enseigne le français aux secondes A... Marx et Engels pleureraient de joie s'ils les voyaient tous les deux. C'est répugnant, obscène !

« Comme l'amour », songea Mrs. Durrell avec tristesse, en s'éloignant sur la pointe des pieds pour aller faire réchauffer le dîner de son mari ; elle avait besoin de ce court répit dans la cuisine pour se préparer à affronter l'instant où, une fois le repas terminé, il la sermonnerait par-dessus les assiettes sales, s'échauffant jusqu'au moment où il serait suffisamment furieux pour la frapper par-dessus la table.

Tim et le Bourdon étaient assis dans le salon surchargé et sophistiqué de Greg. Ce dernier leur faisait un sermon. Tim s'efforçait de l'écouter, mais son regard ne cessait d'errer à travers la pièce, critiquant le mobilier, trop fragile, trop ventru ou trop couvert de marqueterie, ou encore les trois à la fois, comme ce secrétaire. Ses sentiments à l'égard de Greg étaient un mélange d'étonnement, de légère antipathie et d'un certain intérêt, car il n'avait encore jamais vu un politicien véreux à l'œuvre. Il s'obligea à reporter son attention sur l'orateur qui déclamait du fond d'un gros fauteuil, ses mains pâles et agiles croisées sur son genou. De temps à autre, une main jaillissait du genou, avec la vivacité d'un oiseau.

– Ce nom me paraît un peu ironique pour un parti fasciste, fit remarquer le Bourdon : Angleterre Forte, Angleterre Libre.

– La tromperie, répondit Greg en riant, est ironique. En fait, à la place du mot Angleterre, il faut mettre le mot parti. Vous verrez alors que le nom est parfaitement justifié. Au prix de la liberté individuelle je redonnerai à l'Angleterre sa position dominante en Europe, une opération capitale pour laquelle j'estime que le médecin a le droit de réclamer les honoraires de son choix.

– Vous voulez dire qu'en réalité, ce sera le Parti qui sera fort et libre en définitive ? dit Tim.

– Est-ce une critique ? demanda Greg d'un ton cassant.

– Bien sûr que non, intervint le Bourdon en foudroyant Tim du regard. Dites-moi une chose, combien de temps vous faudra-t-il pour établir la domination du Parti ?

Le regard de Greg se perdit dans le vague ; il contempla le mur d'un air rêveur.

– Nous frapperons à la veille des élections générales, le mois prochain, au moment où le gouvernement sera le plus vulnérable, pendant qu'il sera occupé. Le matin précédant les élections nous organiserons un meeting près de notre quartier général à Waterloo. Evidemment, ce meeting ne sera qu'une façade ; en coulisses je concentrerai mes trois mille militants armés, selon un plan auquel on les prépare avec soin. Hélas, je crains qu'il faille s'attendre à une débauche de violence au début, due à la nécessité d'écraser totalement toutes les organisations syndicales. N'ayant pas suffisamment d'hommes pour instaurer le *diktat* du Parti dans le pays, je focaliserai mes efforts sur Londres. Cette première étape du coup d'état sera si soudaine, rapide et inattendue, que je m'attends à une très faible résistance sérieuse. Ensuite, une fois que je tiendrai la capitale entre mes mains, je paralyserai les réseaux de communication et je ramènerai la vie quotidienne au point mort, gardant le contrôle des manœuvres militaires durant cet interlude et m'attaquant ensuite aux grandes villes industrielles. Bien entendu, des poches de résistance vont s'organiser dans les campagnes, pendant quelque temps, mais je ne commettrai pas l'erreur qu'ont commise les Français en Algérie ; je combattrai les groupes de maquisards avec mes propres commandos de maquisards. Mais dans l'ensemble, je prévois une pacification relative dans un délai de trois à six mois.

– Et si jamais ça prend plus de temps ? demanda Tim.

– Espérons que non, répondit Greg d'un ton lugubre.

– Et dans le cas de répercussions à l'étranger ?

– Nous n'en tiendrons pas compte, répondit Greg en bâillant. D'ailleurs, il n'y aura pas d'intervention sérieuse. Vous imaginez l'ONU envoyant une force militaire comme au Congo ? Evidemment non. Pour ce qui est de l'Occident, il s'empressera de se persuader que tout changement de régime dans ce pays ne peut être que bénéfique. De toute façon, parmi toutes les alternatives qui s'offrent à l'Angleterre, la plupart des états occidentaux préfèreront le fascisme. Après tout, la France a réussi à faire accepter le crypto-fascisme, pourquoi n'irait-on pas jusqu'au bout ?

– Et les minorités ? interrogea Tim après avoir assimilé tout cela. Prendrez-vous des mesures contre elles ?

– Les minorités habituelles ?

– Oui, vous savez bien.

– Je leur ficherai la paix... à condition qu'elles se conduisent convenablement, évidemment.

– Mais je croyais que la haine des minorités constituait le point essentiel du programme fasciste.

– Le programme, répondit Greg avec un sourire, n'est pas tout. Ce qu'on peut être amené à dire afin d'obtenir du soutien correspond rarement à ce qu'on fait par la suite. Toutefois, la plupart des individus de couleur et les Pakistanais devront rentrer chez eux, non pas à cause de la couleur de leur peau, mais parce que nous n'avons pas les moyens de les garder.

– Mais cela ne risque-t-il pas d'affecter gravement la main-d'œuvre ? demanda Tim.

– L'Angleterre, déclara Greg d'un ton lourd de menaces, possède suffisamment de *Britanniques* pour se frayer son propre chemin, à condition, bien évidemment, de les encadrer comme il convient.

– A qui reviendra cette tâche ?

– A l'Escadron Soixante, dit Greg. La police secrète. Une fois que nous serons au pouvoir, je me débarrasserai de Crisso et je la développerai de manière importante. Je veux avant tout m'inspirer du modèle de la police communiste hongroise qui a découvert, par hasard, que les femmes faisaient d'excellents indicateurs, un certain type de femmes, évidemment. C'est étonnant, ajouta-t-il en riant, comme le choix est étroit entre le totalitarisme de droite et le totalitarisme de gauche quand il s'agit de la méthode.

Le Bourdon posa la question qui venait à l'esprit immédiatement :

– Je suppose que cela va entraîner beaucoup de liquidations ?

– Seulement lors de la première vague, je pense, répondit Greg d'un ton serein en examinant ses ongles. Une fois que nous aurons supprimé nos opposants, la peine de mort sera appliquée comme en U.R.S.S. actuellement, ou en Espagne dans les années quarante, c'est-à-dire pour les crimes graves comme, par exemple, les complots contre l'Etat, le sabotage de l'économie, le fractionnisme politique et ainsi de suite.

– Dans ce cas, vous devrez contrôler de près les individus tels que Durrell, dit Tim, à en juger par ce que vous nous avez dit de lui.

Greg se pencha brutalement en avant. Un petit sourire ornait son visage, mais il était comme figé.

– Comprenez-moi bien tous les deux, dit-il, vous êtes mes marionnettes. Je vous ai achetés. Si vous me servez loyalement, vous finirez dans les hautes sinécures de l'Etat. J'ai besoin de vous maintenant, car il est possible que le problème du capitaine Durrell doive être réglé très rapidement et de manière arbitraire. C'est dans ce but que je vous ai engagés.

# IV

Après un après-midi épuisant passé chez *Masham* dans Savile Row à commander son uniforme du Parti (qu'il réussit à justifier par une épouvantable plaisanterie de postuniversitaire), Tim se rendit chez *Mrs. Grissom* pour se reposer et boire un verre. Il s'installa au bar pour réfléchir sérieusement à la conversation remarquable qu'il avait eue avec Greg. Le bar étant encore quasiment désert, il avait tout loisir de contempler d'un air sombre son verre de gin tonic, la tête dans les mains, en se demandant dans quelle histoire il s'était embarqué.

Une tête de rat avec des yeux délavés apparut dans l'entrebâillement de la porte. Uniquement le front, les cheveux bouclés, et les lèvres fureteuses.

– Vous êtes membre ? demanda Mrs. Grissom d'un ton las depuis son recoin.

Les lèvres s'entrouvrirent.

– Alors, fermez la porte en ressortant. Il y a un méchant courant d'air. (Elle se tourna vers Tim.) Tiens, va la fermer correctement et paye-moi un double brandy. Tu es un amour.

Tim se leva et s'exécuta. Mrs. Grissom répartit de manière plus égale son poids imposant sur son tabouret, puis elle retoucha son rouge à lèvres à l'aide d'un petit miroir de poche. Il était quatre heures de l'après-midi, et le bar se remplissait maintenant du genre de femmes que vous n'auriez pas emmenées chez vous pour les présenter à Maman, et d'hommes avec qui Papa n'aurait sans doute pas sympathisé. Dans la demi-pénombre, une atmosphère d'épuisement flottait paresseusement au-dessus des têtes serrées des buveurs. Andrew, le barman, ferma avec un bruit sec la capsule d'une bouteille de gin, à la manière d'un intellectuel mettant fin à une discussion avec un individu plutôt idiot. D'un air distrait, Tim et Mrs. Grissom prirent leur verre et burent sans se dire un mot, ni même se regarder ; c'était le moment le plus calme de la journée, quand l'angoisse était comme une pierre dans l'estomac, aiguisée mais passive ; il n'y avait pas de sexe, ni rien d'autre pour se distraire ; vous balanciez vaguement au-dessus d'un gouffre, en attendant que le soir vous libère ou du moins s'abatte sur vous. Les visages qui se reflétaient dans le miroir du bar étaient moins intéressants que la vie, car ils étaient dénués d'expression, sauf quand ils parlaient, et quand ils parlaient, ils étaient trop loin pour que vous puissiez entendre ce qui se disait, ou bien ils parlaient de gens que vous ne connaissiez pas. *Mrs. Grissom* était l'endroit idéal pour connaître les gens sans les connaître, l'endroit idéal pour comprendre qu'on ne comprenait jamais, l'endroit idéal pour remarquer qu'on ne remarquait jamais les gens, même ceux avec qui vous aviez couché, dont un grand nombre entraient et sortaient au cours de la journée. *Mrs. Grissom* était la boîte crânienne de Soho à l'intérieur de laquelle poussait le système nerveux principal de la pensée, des arts et de la politique de Londres. A l'extérieur du crâne poussait la frange. La frange faisait – ou donnait l'impression de faire – exactement les mêmes choses que ce qu'elle recouvrait : se saouler, s'enfoncer dans la torpeur, la misère ou la méditation, partir discrètement ou en trébuchant avec des petites nanas ou les femmes des autres, ou des hommes avec des hommes, des femmes avec des femmes ; ou bien discuter autour d'un verre de champagne ou de bière blonde. Les nodules centraux du système donnaient vie à *Mrs. Grissom*, et même si Tim jugeait la frange ennuyeuse et agaçante, l'endroit aurait semblé grotesque sans elle, comme un visage d'homme sans cheveux, sans sourcils ou sans barbe. La frange humanisait ce lieu, et le téléviseur installé à un bout, le bandit manchot, qui déversait présentement un jackpot avec un épouvantable rire métallique, à l'autre bout, étaient là pour vous rappeler à quel point cet endroit était humain l'espace d'un instant (le lieu où les représentants londoniens de la pensée, de l'art et de la politique venaient pour oublier, ou pire peut-être, pour se souvenir). Ce n'était pas un endroit paisible. Le seul réconfort ici, c'était l'alcool, un abri douteux et cher ; difficile de trouver la paix dans une petite salle mal éclairée quand vous étiez entouré par le système nerveux central, ruminant sans cesse l'idée de paix sans jamais la trouver, à l'exception peut-être des souvenirs larmoyants réveillés par le tourne-disque derrière le bar.

Et partout il y avait des miroirs ! On se voyait constamment en train de faire quelque chose, vider un verre, s'éloigner ou s'approcher du bar d'une démarche vacillante, un coude par-ci, une nuque par-là, la vision d'une tape agile dans le dos, dans le miroir de la porte des toilettes ; un film de soi, réalisé avec des gestes maladroits, entouré et protégé par un arrière-plan de têtes renversées, de sourires éclatants et forcés, l'entrejambe indécent d'une pute en jean, les stupéfiantes formes généreuses d'une négresse dont Tim avait rêvé fiévreusement pendant un an, la vision fugitive, tandis qu'on se précipitait vers le téléphone, du dos de Mrs. Grissom, l'aimant noir et sardonique autour duquel tournoyait à toute vitesse, où baignait et sur lequel reposait le petit complexe. Au bar, on parlait d'une course ou d'une escapade aux abords douteux de la frange où quelqu'un avait été pris et sérieusement corrigé par la société devant un tribunal. Mais les conversations, principalement de gauche, concernaient également les élections à venir, le problème du racisme, la Bombe ; des sujets très sérieux étaient abordés chez Mrs. Grissom presque chaque jour, vous pouviez rédiger un chèque à côté de Mrs. Grissom en baissant la tête pour éviter les missiles de vingt conversations ponctuées par les éclats de rires bruyants et répétitifs, le bombardement de la réfutation, le grognement lointain et le tonnerre d'insultes et de blessures et le doux crépitement incessant de l'amour provisoire, semblable à du plomb en fusion coulant à travers des feuilles. Car le règlement, indiqué de manière indirecte par Mrs. Grissom qui tirait lentement sur sa *Three Star*, était le refus des exclusions – que ce soit envers les maquereaux, les gigolos, les putes, les riches, les pauvres et les autres, ou bien les ducs, les journalistes, les scénaristes, ou les anges ; la même liberté pour le poète en veste blanche que pour le peintre en veste noire. Les gens s'excluaient, se cachaient, trouvaient refuge, attaquaient, faisaient ou ne faisaient pas partie l'un de l'autre au milieu d'une foule tourbillonnante propulsée par plus de bavardages que vous ne pouviez en supporter ; voilà quel était le règlement, et tout ce qu'avaient à faire Mrs. Grissom et Clara (l'amie de Mrs. Grissom venue de la Jamaïque, ayant vécu à Madrid durant le siège de cette ville, et qui savait faire jaillir des billets de cinq livres de son corsage) c'était de le faire respecter, en ouvrant l'œil jour après jour jusqu'à ce qu'enfin, la vie aille trop loin ou fasse un trop grand écart sur le côté, y mettant fin.

C'était un souffle de liberté à une époque où la liberté était un nouveau-né engendré par la guerre, nourri au sein de l'oppression et maintenu dans un état de survie précaire grâce aux dons occasionnels de fonds publics, une orpheline fragile d'origine noire, blanche, asiatique et européenne attendant des parents adoptifs aux yeux de qui elle serait indispensable ; puis Tom se leva brusquement, il paya les consommations avec le salaire de son nouvel emploi et s'en alla.

Après avoir fait l'amour, Jenny et le Bourdon se reposaient, le visage empourpré par leurs efforts guerriers, au milieu du désordre indescriptible des draps. Des vêtements d'homme et de femme, l'uniforme du parti du Bourdon qu'ils avaient essayé, et des *poppers* vides jonchaient le sol. La Duquesa se pencha au bord du lit pour jeter un coup d'œil au réveil qui était posé par terre.

– Chéri !

Le Bourdon ôta sa cigarette de sa bouche et se redressa.

– Quoi ?

– Il est presque sept heures.

Le Bourdon se leva péniblement en poussant un grognement. Quelques instants plus tard, assise dans son bain – c'était au tour du Bourdon de tourner les robinets – Jenny déclara :

– Au fait, mon chéri, j'ai eu une idée très intelligente.

– Ah bon ? Laquelle ? Tiens, passe-moi le savon, mon amour... non, pas celui-ci, le jaune, celui qui sent bon.

– J'ai beaucoup pensé à l'AFAL.

– Ah. Et alors ?

– Et j'ai appelé Woof au *Glare* pour lui en parler.

– Oh non !

– Attends, ne fais pas cette tête-là, mon chéri, c'est un vieil ami. Tu t'en souviens forcément : c'est lui qui m'a interviewée quand on m'accusait d'avoir volé des poivrières George III lors de cette horrible soirée dansante.

– Quand même, ma chérie, est-ce raisonnable ?

– *Bien sûr* que c'est raisonnable, répondit

Jenny en se savonnant vigoureusement. Bon sang, chéri, le Mouvement a besoin du maximum de publicité.

– On dirait que tu as attrapé le virus du Mouvement comme si c'était la rubéole, pas vrai, chérie ?

– Et tu sais quoi... ? poursuivit Jenny avec enthousiasme.

– Ça m'étonnerait. Quoi ?

– Je n'ai pas regretté de l'avoir fait. Woof m'a dit qu'il n'avait jamais entendu parler de Angleterre Forte Angleterre Libre.

– J'avoue que ça ne m'étonne pas, chérie, sincèrement.

– Il m'a répondu que tout le monde savait qu'il existait des tas de petits partis de cinglés, ça ne datait pas d'hier, et malheureusement, il était désolé, mais il ne pourrait certainement rien en tirer.

– C'est aussi bien comme ça, ma chérie, murmura le Bourdon en faisant couler l'eau chaude. En fait, c'est surtout un moyen de s'en foutre plein les poches en s'amusant ce machin-là.

– Oh, mais attends ! j'ai réussi à le faire changer d'avis vite fait.

– Ah ? fit le Bourdon distraitement en s'emparant de la brosse dure, tu es vraiment une petite maligne.

– Oui, je me suis dit : « ce qu'il nous faut, c'est de la publicité ». Ce n'est pas juste que le Parti soit obligé de rester dans l'ombre, sans qu'on parle jamais de lui en première page des journaux, ni photos ni rien.

– Ce n'est peut-être pas le but recherché, vois-tu ? murmura le Bourdon.

– Alors, poursuivit Jenny, je lui ai parlé de Greg Grindlay, je lui ai raconté qu'il sortait tout juste de prison, et puis – je suis désolée, chéri – je lui ai parlé de toi également, et comment vous aviez fait connaissance tous les deux à Wandsworth – tu aurais dû entendre comme il semblait intéressé tout à coup – et comment vous aviez composé ensemble cette merveilleuse chanson, et que vous représentiez l'élément neuf des jeunes fascistes en colère (là, j'ai peur d'avoir viré dans la poésie), et j'ai dû broder un peu : je lui ai raconté que tu avais créé une petite branche dissidente à l'intérieur du Parti baptisée les « Mécontents », et que tu allais faire retentir la voûte céleste du Parti jusqu'à ce qu'elle éclate ; après ça, ajouta Jenny, haletante, il m'a demandé de patienter une minute pendant qu'il fonçait chercher un autre stylo à... Hé ! qu'est-ce qui se passe ?

Le Bourdon avait lâché la brosse, il regardait Jenny d'un air hébété.

– Ma chérie, dit-il enfin, je crois que tu es toquée. Complètement givrée, cinglée, maboule.

– Mais pourquoi ? protesta Jenny. Je croyais que c'était une très bonne idée !

Le Bourdon s'efforça de conserver son calme.

– Jennifer chérie...

Il savait qu'une dispute et des remontrances seraient inutiles ; cela n'apporterait que des larmes. De plus, le mal était fait maintenant. Toutefois, il ne pût s'empêcher de déclarer d'un ton déprimé :

– Ce n'était pas une bonne idée, Jenny. C'était même la pire chose à faire.

– Je ne vois toujours pas pourquoi.

Le Bourdon décida de ne pas insister.

– Bah ! dit-il, ça m'étonnerait que Woof en ait tenu compte de toute façon.

– Oui, moi aussi, répondit Jenny gaiement. Quand j'ai fini de lui raconter mon histoire, il est resté muet un moment, et puis il m'a dit : « Bon, eh bien bonsoir, merci beaucoup, il faudra qu'on aille boire un verre bientôt », ou un truc comme ça, et il a raccroché.

– Dans ce cas, ce n'est pas trop grave, dit le Bourdon, soulagé. Malgré tout, tu n'aurais pas dû contacter Woof. On ne peut pas lui faire trop confiance. Avant de faire une chose pareille, tiens-moi au courant la prochaine fois, ma chérie.

– Promis, mon lapin.

– A la bonne heure.

– Tu n'es pas fâché après moi, hein, mon chéri ?

– Fâché ? Après toi ? Bien sûr que non, mon ange.

– Oh, c'est adorable, mon chéri !

Elle marqua une pause.

– Dis, tu crois qu'on va se marier bientôt, oui ou non ?

Le Bourdon blêmit.

– Plutôt *non*, ma chérie, répondit-il après un instant de réflexion, en sortant du bain.

Le visage de la Duquesa se décomposa.

– Oh, *pourquoi*, mon chéri ? Ça me ferait tellement plaisir.

– Mais non. Tu t'apercevrais que ça devient vite ennuyeux au bout d'un moment.

– Bon, si tu le dis, c'est sans doute vrai.

– De plus, ce vieux Riofrio cesserait de t'envoyer ta pension.

Jenny fit la moue.

– Moi je n'ose même pas appeler ça une pension.

– Economiser un sou et en prodiguer mille, comme on dit, ma chérie, répondit le Bourdon d'un ton ferme en s'essuyant. Chaque sou compte.

En balayant du regard cette petite scène joyeuse et humide, il repensa avec un certain plaisir que trois jours plus tôt il traînait encore sa peine à Wandsworth. Avec lui, la vie semblait ne jamais rester longtemps immobile, sauf, évidemment, songea-t-il avec un soupçon d'agacement, quand, dans un virage en épingle à cheveux, il quittait la route étrange qu'il suivait et allait percuter dans un crissement coûteux un obstacle plus résistant.

Edwin Ashurst de la Section spéciale, alias lieutenant Ashurst d'Angleterre Forte Angleterre Libre, jeta des regards attentifs autour de lui pour s'assurer que personne ne le suivait, avant de sauter lestement du bus 77 en face de Scotland Yard. Traversant la rue en zig-zag, il se frotta les mains en se répétant mentalement les phrases d'introduction de ce qui était, à ses yeux, le rapport ultime sur les activités du Parti devant permettre, enfin, à ses supérieurs d'agir. C'était un jeune homme qui avait obtenu de bons résultats au lycée et qui faisait honneur à sa mère – une veuve habitant dans une rue déserte et aseptisée d'une ville nouvelle – et il tirait une fierté légitime de la manière dont il accomplissait sa première véritable mission. Ce n'était pas n'importe quel policier qui aurait pu s'élever d'un poste d'observation en marge de la base du Parti jusqu'au cœur d'un dangereux groupement politique dirigé par des utopistes et des bandits. Outre ses tendances fortement anglicanes, c'était également un socialiste convaincu, même si, en tant que policier, il savait qu'il n'était pas censé afficher ses opinions politiques. De ce fait, sa mission qui consistait à infiltrer et à détruire Angleterre Forte Angleterre Libre de l'intérieur, était pour lui un immense plaisir. Quittant son université de province avec un solide diplôme dans une discipline flegmatique, l'agriculture, il avait brusquement renoncé à l'élevage pour faire carrière dans la police, non pas parce que celle-ci offrait une promotion immédiate ou un bon salaire, mais par une sorte d'idéalisme qui s'accordait mal à son sens pratique. En tant qu'individu, il appréciait le métier de policier ; cela lui permettait de faire le bien ; cela le plaçait du bon côté. Politiquement, il considérait la police comme un corps impartial dévoué au bien d'une nation qui, de manière raisonnable et décontractée, se dirigeait lentement vers un socialisme consacré à l'élimination pacifique de cette classe suffisante et triomphante dont les affaires et les biens avaient pour seul but de perpétuer son existence dans le luxe. Fredonnant dans sa barbe, il montra son laisser-passer et suivit un agent en tenue jusqu'à l'ascenseur.

Dans le petit bureau de couleur neutre qu'il connaissait bien Ashurst découvrit son supérieur, un homme d'un certain âge, assis derrière son bureau. Mais à ses côtés se trouvait un homme brun d'une quarantaine d'années, à l'air dynamique, qu'Ashurst n'avait jamais vu.

Le supérieur d'un certain âge adressa un sourire rassurant à Ashurst qui hésitait sur le pas de la porte.

– Bonjour, Ashurst. Entrez et asseyez-vous.

Ashurst s'exécuta.

– Ashurst, déclara le supérieur d'un certain âge en déplaçant son ventre sous son gilet et en désignant l'inconnu, je vous présente Lucas. Il est venu pour savoir où vous en étiez.

Les deux hommes échangèrent un rapide hochement de tête, mais Ashurst sursauta intérieurement. Ainsi, il avait devant lui « Lucas », le mystérieux homme de main du département qui surgissait brusquement de nulle part, qui se volatilisait dans l'air, et qui dissimulait à la fois son nom et son grade sous ce pseudonyme ; l'homme que le département surnommait (avec une certaine amertume parfois) son « cupidon », l'homme qui prenait des vols de nuit pour des destinations lointaines et qu'on avait aperçu un jour, paraît-il, dans un couloir du département en compagnie d'un homme qui, toujours selon la rumeur, aurait pu être le directeur général en personne.

– Inutile de vous inquiéter parce que nous avons la visite d'un membre élevé de la hiérarchie, Ashurst, dit son supérieur. Au contraire, le fait que « Lucas » ait jugé bon de s'intéresser à votre travail est un sacré hommage rendu à celui-ci. Je n'ai pas besoin de vous rappeler les règles de sécurité, n'est-ce pas ?

Ashurst secoua la tête.

– Parfait, dit le supérieur d'un ton affable,

avant de commencer, voulez-vous une tasse de thé ?

– Non merci, *sir*, répondit Ashurst avec prudence, sans cesser d'observer « Lucas » du coin de l'œil. Celui-ci gardait son regard marron doux et pénétrant posé sur lui. Ses yeux ne cillaient pas, ils avaient quelque chose d'inquiétant : ils semblaient absorber tout ce que disait et faisait Ashurst, tout ce qui l'entourait, et enregistrer l'information en silence, comme les bandes d'un magnétophone.

– Qu'attend de moi Mr. « Lucas » au juste, *sir ?* demanda Ashurst.

Comme pour renforcer l'impression qu'il venait de produire sur Ashurst, « Lucas » répondit :

– A moins que je vous pose une question, Mr. Ashurst, je veux que Mr. Grange et vous fassiez exactement comme si je n'étais pas là.

– Très bien, Ashurst, dit son supérieur avec une jovialité appuyée. Pour notre hôte, veuillez commencer par récapituler brièvement tout ce que vous savez au sujet de l'AFAL, avant de faire votre rapport habituel. Commencez par le début de l'affaire. Et détendez-vous, ajouta-t-il. Prenez votre temps.

– Eh bien voilà, *sir,* dit Ashurst d'une petite voix polie, Angleterre Forte Angleterre Libre existe depuis maintenant trois ans. Le Parti fut fondé par Grindlay. Avant que Durrell, le Commissaire adjoint, n'y adhère, ce n'était qu'une petite organisation minable qui n'aurait pas fait peur à un enfant. Ce n'est plus le cas. Aujourd'hui, c'est un puissant parti organisé, situé dans la mouvance d'extrême-droite, ou fasciste, qui compte trois mille membres et dix officiers, plus deux subalternes qui doivent être nommés lors du meeting hebdomadaire qui a lieu demain. Leur quartier général est un garage désaffecté que loue le Parti, situé derrière Waterloo Station. Ils ont d'importants moyens financiers, je dirais qu'ils possèdent plus de cinquante mille livres en banque. Ils sont bien armés également. J'ai vu les contrats qu'ils ont signés à plusieurs reprises avec ces sociétés d'armement d'occasion ; certains envois ont de quoi vous faire dresser les cheveux sur la tête, *sir*.

– Quels sont les attraits de l'AFAL, Ashurst ? demanda « Lucas ».

– Le futur pouvoir politique, répondit aussitôt Ashurst, agrémenté d'un tas de réjouissances. Des opérations anti-grève, des meetings et des bagarres à profusion avec tous les socialistes qu'ils croisent, mais surtout, on incite les militants à circuler en groupes bien organisés, et on leur donne un joli uniforme. En outre, le Parti opère de manière plus ou moins clandestine – jusqu'à ces derniers temps du moins – ce qui excite leur imagination. Vous voyez ce que je veux dire, *sir*, la même chose qui fait que les enfants aiment jouer aux gendarmes et aux voleurs.

– Quel genre d'individus recrutent-ils ? demanda « Lucas ».

– Les pires, *sir*. Des fanas de moto, n'importe quelle crapule qui cherche à s'amuser ; chaque maison de redressement ou de correction possède plus ou moins son propre bureau de recrutement.

Plus ils sont coriaces, plus Crisso et Durrell sont contents.

– Crisso ? Qui est-ce ?

– C'est le chef de l'Escadron Soixante, *sir*, leur police secrète. Il s'agit d'une petite unité d'hommes triés sur le volet qui se composait au départ de soixante membres ; la différence avec les autres, c'est qu'ils sont tous payés. Votre meilleur ami pourrait en faire partie sans que vous le sachiez. Le membre de base du Parti ne les connaît même pas. Ils s'habillent comme tout le monde, ils traînent au milieu des autres durant les meetings, et si jamais ils surprennent des critiques à l'égard du Parti, le coupable est aussitôt conduit auprès de Crisso pour recevoir une leçon. Dans le cas d'une offense grave, il peut même être jugé par le tribunal de l'AFAL, dans ce cas, que Dieu le garde.

– Quel genre d'offense grave ?

– Oh, prenons un exemple typique. Le 2023 avait décidé de quitter le Parti. Il avait rencontré une fille dans une soirée dansante qui refusait de sortir avec lui tant qu'il n'avait pas démissionné. Alors il cessa d'assister aux réunions. Je vous signale que cela est formellement interdit, bien évidemment. Conformément à l'article quatre vous jurez fidélité éternelle au Parti quand vous y entrez, et ceci reste valable jusqu'à la fin de vos jours. Vous imaginez bien pour quelle raison : l'AFAL est une organisation criminelle, s'ils ne prenaient pas des précautions, un tas de gens s'en iraient tranquillement raconter tout ce qu'ils savent à n'importe qui. Voilà quel est le rôle de l'Escadron soixante : infiltrer la base et étouffer dans l'œuf toute tentative de désertion.

– Et qu'est-il arrivé au 2023 ?

– Oh, ils l'ont rattrapé sans tarder. Il ne se doutait même pas qu'ils le recherchaient.

– Et il a été jugé ?

– Oui, si on peut dire. En fait, pour une simple broutille, ils l'ont condamné en vertu de l'article trois, c'est-à-dire complot contre le Parti.

– Mais il n'avait pas comploté, n'est-ce pas ? Il avait juste quitté le Parti ?

– Ce n'était pas un problème, *sir*. Ils ont simplement fait témoigner deux membres de l'Escadron Soixante disant qu'il avait comploté.

– Qui présidait le procès ?

– Le Leader, Grindlay, Durrell et le major Krokker, l'officier de renseignements.

– A-t-il été reconnu coupable ?

– Cela leur a pris vingt minutes.

– Quelle fut la sentence ?

– La peine de mort.

– *La peine de mort ?*

– Ils l'ont laissé repartir, ils l'ont suivi, et Crisso l'a supprimé quelque part dans un coin. On a retrouvé son cadavre dans la Tamise.

Il y eut un long silence, puis « Lucas » demanda :

– Est-ce que ce genre de choses se produit fréquemment ?

– Après cela, ça ne s'est jamais reproduit. La leçon a été salutaire.

– Avez-vous déjà assisté personnellement à l'un de ces... procès ?

– Oui, répondit Ashurst, comment aurais-je pu faire autrement ?

Les deux hommes paraissaient mal à l'aise ; « Lucas » griffonna quelques mots sur un carnet.

– Que disent ses camarades quand un des leurs disparaît de manière brutale ?

– Rien, *sir*, pour les raisons que je viens d'expliquer. Mais puisque nous parlons de ça, *sir*, je ne cesse de me demander pourquoi leurs parents ne font-ils rien, et pourquoi nous sommes incapables apparemment de poursuivre en justice les briseurs de grève pour coups et blessures, ou les membres de l'Escadron Soixante qui exécutent les basses œuvres.

Un silence de mort s'abattit dans le bureau. « Lucas » finit par dire :

– Il faut laisser cela à des gens plus intelligents que nous, Ashurst.

Sur ce, il regarda fixement un coin du plafond.

– Parfait, intervint joyeusement le supérieur d'Ashurst afin de détendre l'atmosphère, vous nous avez fourni un excellent exposé de la situation.

– C'est vrai, Ashurst, dit « Lucas ».

– Maintenant, *sir*, si vous le permettez, dit Ashurst, j'aimerais vous faire mon rapport journalier. J'ai désormais la preuve formelle que l'AFAL projette de passer à l'action...

Son regard se posa sur « Lucas » et sa voix se perdit dans le vide, car « Lucas » s'était levé, et il époussetait son pantalon.

– Bon, fit ce dernier en regardant sa montre, je crois qu'il faut que je me dépêche d'aller déjeuner.

– Mais... bredouilla Ashurst, vous ne vouliez pas entendre...

– Une autre fois, répondit « Lucas » avec un sourire.

– J'ai encore un tas de choses à vous dire, *sir !* Ce meeting...

– Il me semble que Mr. Grange et moi avons déjà longuement abordé cette question.

– Rassurez-vous, Ashurst, intervint son supérieur immédiat. Nous attendrons le moment propice, et nous ferons le grand ménage, vous verrez.

Des soupçons innommables commencèrent à prendre naissance dans l'esprit d'Ashurst.

– A mon avis, *sir*, insista-t-il, la marmite est sur le point d'exploser.

– Eh bien, nous n'avons pas le même avis, Ashurst, répliqua calmement « Lucas ».

– Mais vous ne comprenez pas ! s'exclama Ashurst, avec le sentiment d'être prisonnier d'un cauchemar.

– Du calme, Ashurst, dirent-ils. Du calme !

« Lucas » griffonna de nouveau sur son calepin et fit glisser ensuite le message vers le supérieur immédiat d'Ashurst. Il était écrit : « Ce garçon a complètement perdu les pédales. Il est sur cette affaire depuis trop longtemps. Adoptez la Procédure n° 5. »

Le supérieur immédiat d'Ashurst hocha la tête ; il se tourna vers ce dernier qui le regardait fixement, une goutte de sueur coulait sur sa tempe.

– Ecoutez-moi bien, Ashurst, dit-il d'un ton apaisant. Que diriez-vous d'un petit congé, hein ?

– Un congé ? s'écria Ashurst, abasourdi.

– Oui. Oubliez cette histoire pendant quelque temps. Choisissez un joli coin bien tranquille comme par exemple Margate, pendant une semaine ou dix jours. Ce serait chouette, non ? Ça vous remettrait d'aplomb en moins de deux.

Après les avoir observés l'un et l'autre pendant quelques instants, dans un silence hébété, Ashurst enfouit sa tête entre ses mains et se mit à pleurer. Il s'ensuivit un silence gêné.

– Vous avez accompli un travail formidable, Ashurst, déclara enfin « Lucas ». Vous n'avez pas le droit de croire que nous n'apprécions pas tout ce que vous avez fait. Dans la plus grande tradition de la police. Mais nous vous retirons l'affaire.

– Oh, non, *sir!* sanglota Ashurst. Pas ça !

« Lucas » appuya sur un bouton et un sergent en uniforme fit son entrée dans le bureau.

– Procédure n° 5, murmura d'un ton solennel le supérieur d'Ashurst.

Ce dernier se laissa expulser du bureau. L'agent en tenue le fit monter dans l'ascenseur pour le conduire jusqu'à la porte de derrière de Scotland Yard. Presque aussitôt, une voiture de police s'arrêta à leur hauteur. Le sergent ouvrit la portière arrière, aida Ashurst à s'installer à bord et monta à son tour.

– Procédure n° 5, murmura-t-il au chauffeur.

Celui-ci acquiesça et traversa la banlieue nord de Londres en empruntant un petit itinéraire peu connu qui permettait d'éviter les embouteillages de la fin de journée. Le sergent proposa à Ashurst un caramel que ce dernier accepta. Il l'avait déjà mâché à moitié lorsqu'il tomba sur le morceau qui avait un drôle de goût.

« Infraval concentré », se dit-il en hochant calmement la tête, avant de s'endormir.

Pendant ce temps, dans le bureau, les supérieurs d'Ashurst continuaient de discuter.

– Ce que je ne comprends pas, dit « Lucas », c'est pourquoi tous les rapports concernant Ashurst mentionnaient sa grande stupidité.

– C'est exact, John, nous l'avons choisi parce qu'il était notre élément le plus stupide.

– J'ai pourtant l'impression qu'il a réussi à remonter jusqu'au cœur des choses.

– Vous connaissez le proverbe, John : *Il ne faut jamais jurer de rien.*

# V

Le rédacteur du *Daily Glare* appuya sur un bouton de l'interphone.

– Oui, *sir ?*

– Envoyez-moi Woof.

Le rédacteur détestait Woof. C'était un bon journaliste : trop bon. Cela l'avait conduit à trahir le journal. Plusieurs fois on l'avait surpris qui dissimulait des informations pour les vendre ensuite au plus offrant. En outre, le rédacteur craignait que ses sentiments à l'égard de Woof ne soient réciproques.

Woof fit son entrée. C'était un individu sans âge, à l'aspect négligé, vêtu de tweed bon marché, avec des bottines en daim qui, grâce à de méticuleux rafistolages, avaient survécu par deux fois à la mode des bottines en daim. Debout devant le bureau du rédacteur, il regardait dans le vide en frottant un stylo bille contre une rangée de dents indifférentes.

– Eh bien ? demanda le rédacteur, où est votre article sur le suicide de Elmer's End ?

– Je n'en ai pas écrit, *sir*.

– Ah, vous n'en avez pas écrit ? Je vois. Je vois.

Le rédacteur s'autorisa un sourire doucereux.

– Non, *sir*, répondit Woof, c'est le *Scream* qui a publié l'article.

– Ah... fit le rédacteur en pâlissant, si j'ai bien compris, vous me dites que c'est le *Scream* qui l'a publié ?

– Oui, *sir,* dit Woof. De toute façon, les journaux du soir ont épuisé le sujet, je ne sais pas si vous l'avez remarqué.

– Mmmm, fit le rédacteur, occupé à réfléchir.

Après un instant de silence, il ajouta, sur le ton du bavardage :

– Vous êtes un journaliste pourri, n'est-ce pas, Woof ?

– Oui, *sir*. Si vous le dites, *sir*, répondit Woof du même ton absent.

Il s'efforçait de garder présent à l'esprit tout ce que lui avait raconté Jenny Riofrio. Si on savait l'utiliser, cette information ferait un scoop. La voix du rédacteur le tira de sa rêverie.

C'était une voix râpeuse et désagréable. Woof murmura quelques mots dans sa barbe.

– Voulez-vous répéter ces paroles, Woof ?

– J'ai dit : « Oui, *sir*. Si vous le dites, *sir*. »

– Non, pas celles-là, Woof ; les autres paroles. Celles que vous avez murmurées dans votre barbe.

– Je n'ai rien murmuré dans ma barbe, *sir*.

– Vraiment ? fit le rédacteur d'un ton indifférent. C'est curieux, j'avais la très nette impression que vous aviez dit quelque chose.

– Oh, rassurez-vous, *sir*. Je n'ai absolument rien dit.

– Je vois, dit le rédacteur en plissant le front d'un air songeur. Je vois...

– Après tout, *sir*, ajouta Woof, c'est *vous* le rédacteur...

– Exactement, Woof. C'est moi le rédacteur.

– Et les rédacteurs ont droit au respect, *sir*.

« Au diable son insolence ! » se dit le rédacteur. Mais patience. Il allait s'amuser un peu avec lui.

– Très bien, dit-il, ce sera tout pour ce soir, Woof.

Le journaliste se dirigea vers la porte.

– Oh ! Woof, j'oubliais..., lança le rédacteur au moment où Woof atteignait la porte.

– *Sir ?*

– Vous êtes viré. Woof.

– Merci, *sir*, répondit Woof d'une voix impassible.

– De rien, Woof, répondit le rédacteur en serrant les dents. Inutile de me remercier. Passez chercher votre dû à la comptabilité au quatrième.

– Parfait, *sir*. Je sais très bien où se trouve la comptabilité.

« Je n'en doute pas », songea le rédacteur avec colère, en griffonnant un bon de paiement.

Woof s'en empara d'un geste vif et repartit vers la porte.

– Bonsoir, *sir*, dit-il d'un ton sarcastique en l'ouvrant. Sans rancune.

Il monta chercher son argent et marcha ensuite jusqu'au coin de la rue où se trouvait le siège du *Daily Scream*. Là, il monta directement dans le bureau du rédacteur et lui rapporta tout ce que lui avait dit Jenny Riofrio. Le rédacteur du *Scream*, un homme assez jeune et énergique, fut emballé par cette histoire.

– Nous allons la publier ! dit-il avec enthousiasme. Formidable, Woof.

– Merci, *sir*.

– Il est temps que le *Scream* s'intéresse à cette histoire de fascistes, Woof.

– Tout à fait d'accord, *sir*.

– Très bien, Woof, dit le rédacteur, écoutez-moi. Je veux qu'on ait l'œil vingt-quatre heures sur vingt-quatre sur... (Il énuméra les noms sur ses doigts)... le Bourdon, Spurmaway, et récoltez tout ce que vous pouvez sur ceux qui sont liés de près ou de loin à Angleterre Forte Angleterre Libre. Au travail ! Woof.

– Entendu, *sir*.

– Je crois que je vais envoyer Inkling chez cette Riofrio ; c'est notre meilleur spécialiste des ragots et des confidences.

– Bien, *sir*.

– Plus j'y pense, dit le rédacteur, plus cette approche fasciste me plaît. Bien joué. Je veillerai à ce qu'on vous donne une prime.

– Oh, merci beaucoup, *sir !*

– De rien, de rien, gloussa le rédacteur. Au *Scream* nous savons apprécier un élément de valeur, Woof. (Il griffonna rapidement un bon de paiement.) Tenez, portez ça à la comptabilité au quatrième, faites-vous payer une semaine de salaire et ajoutez votre nom à la liste des employés.

– Merci, *sir*. Ce sera tout, *sir ?*

– Oui, pour l'instant. Vous savez ce que vous avez à faire, Woof ?

– Oui, *sir*.

Alors que Woof avait presque atteint la porte, le rédacteur s'écria :

– Ah ! au fait, Woof...

– *Sir ?*

– Vous connaissez notre slogan ici au *Scream ?*

– Oui, *sir : Contre la gauche, contre la droite, pour la Reine et la Patrie, sir.*

– Exactement, Woof.

Son bon de paiement à la main, Woof emprunta le chemin familier qui menait à la comptabilité. Là, il apprit que le vieux rédacteur, celui qui avait renvoyé Woof du *Scream* trois mois plus tôt dans un accès de colère, en oubliant d'en parler à qui que ce soit, était mort. D'un air bougon, le comptable lui fit un chèque correspondant à son rappel de salaire et le lui lança avec mépris ; une faible lueur s'alluma dans le regard morne de Woof, mais il ne protesta pas.

Ashurst se réveilla dans un étrange lit étroit et dur. L'endroit était sombre, et il s'aperçut qu'il tremblait sous l'effet du froid et du choc. Sa bouche était sèche, avec un goût épouvantable. L'effet de l'alcool persistait puissamment en lui ; il avait l'impression de sortir d'une vilaine gueule de bois. Il se regarda. On l'avait habillé d'une chemise de nuit en flanelle qui lui descendait jusqu'aux pieds. Le moindre mouvement déclenchait une vive douleur dans son crâne. Il essaya malgré tout de se redresser, mais s'aperçut que c'était impossible. Il voulut bouger les bras, mais ils étaient attachés au cadre du lit par des sangles en cuir. Tout comme ses pieds. Il essaya de tourner la tête pour regarder le cadran lumineux de sa montre, mais on la lui avait retirée.

Il s'obligea à rester calme et à réfléchir.

N'importe quel souvenir du passé proche lui aurait été utile, mais il s'aperçut qu'il avait tout oublié à partir de l'instant où il avait mangé le caramel dans la voiture de police. La lune apparut dans le ciel et il en profita pour examiner les lieux ; ce qu'il découvrit n'était guère encourageant. Il se trouvait dans une sorte d'établissement ; où exactement ? il n'avait aucun moyen de le savoir, pas plus qu'il ne pouvait calculer depuis combien de temps il était couché sur ce lit. En se tordant le cou, il apercevait une grande lueur jaune à un peu plus d'un kilomètre de là, et il entendait le bruit lointain de la circulation. Soudain, à l'intérieur du bâtiment, tout près, un hurlement intense s'éleva dans la nuit, comme une fusée, pour s'achever dans un gargouillis de plaisir, comme un enfant âgé que l'on nourrit au sein. Il reporta son regard sur la pièce. A l'exception d'une chaise et d'une étagère nue, elle ne contenait que le lit. Il secoua violemment celui-ci, en se forçant à rester conscient et à ignorer la douleur dans son crâne. Le lit grinçait comme un palier mal graissé, et Ashurst continua jusqu'à ce qu'enfin il entende des bruits de pas.

La porte s'ouvrit lentement et apparut un homme en blouse blanche, éclairé par une faible lumière venue du couloir qui laissait son visage dans l'ombre. L'homme porta son index à ses lèvres.

– Chuuut ! ordonna-t-il. Alors, on se sent mieux ?

– Evidemment que je me sens mieux ! s'écria Ashurst. Depuis quand suis-je ici ?

– Depuis avant-hier soir. Je suis le médecin ici.

– Et moi, je suis policier, répondit Ashurst d'une voix faible.

– Evitez de trop parler. Savez-vous qu'il a fallu trois hommes pour vous amener ici ?

– Je ne vous crois pas

– Non, bien sûr. Vous avez l'habitude de rêver tout éveillé ? Vous sucez votre pouce ?

– Certainement pas.

– Quel est votre grade dans la police ?

« Prudence », se dit Ashurst.

– J'appartiens aux Services Spéciaux, répondit-il. Je lutte contre les fascistes.

– Bien sûr, bien sûr, dit le médecin.

Il se tourna et dit dans le couloir :

– Obsessions fantasmatiques.

La personne qui se trouvait à l'extérieur répondit par un grognement affirmatif. Une vieille femme, la tête penchée sur le côté, les yeux et la bouche grand ouverts comme devant une vision d'une horreur ou d'une beauté extrêmes, passa dans un fauteuil roulant, poussée par une infirmière robuste.

– Paranoïa aiguë, mal contrôlée, ajouta le médecin.

– Pour l'amour du ciel, approchez, dit Ashurst d'une voix enrouée.

Le médecin s'avança et se pencha au-dessus de lui, en gardant toutefois ses distances.

– Qu'est-ce qui vous perturbe réellement ? demanda-t-il. Vous sentez-vous capable d'en parler ?

Ashurst se sentit mis en confiance.

– Je ne suis absolument pas fou, dit-il. Je suis un policier pris au piège d'une terrifiante conspiration. Mes supérieurs semblent tous avoir perdu la tête. Ou bien ce sont des traîtres, je ne sais pas.

Le médecin acquiesça.

– Typique, dit-il en tournant rapidement la tête vers la porte ouverte. Simmonds ?

Un type costaud en blouse blanche entra, avec un verre rempli d'un liquide quelconque.

– Je veux que vous buviez ça, dit le médecin.

– Non.

– Il est préférable de le tenir, Simmonds.

Le costaud s'approcha de la tête du lit ; d'un bras, il coinça la tête d'Ashurst et approcha le verre de son nez. L'odeur était écœurante, comme de l'alcool pur ; le simple fait de la respirer suffisait presque à l'assommer.

– Non ! protesta Ashurst d'une voix faible.

D'un geste adroit, le costaud pinça le nez d'Ashurst, et avant même de comprendre ce qui se passait, il eut avalé le liquide. Il essaya de vomir, mais il était comme paralysé. Il se sentit glisser. Tout au bout du couloir, quelqu'un, peut-être la vieille femme, entama une psalmodie d'une saisissante voix répétitive et inspirée. On aurait dit une magnifique prière, puis Ashurst s'aperçut qu'il s'agissait en fait d'une suite d'insultes, mais il était au-delà de tout ça désormais. Il était un jet de combat à ailes delta qui fonçait vers une explosion dorée plus vaste que le monde tout entier. Sur les ailes d'un paraldéhyde, il percuta le centre de cette éclat lumineux et se désintégra brusquement dans les ténèbres du néant et du nulle part.

– Greg est furieux à cause de l'article publié dans le *Scream*, dit le Bourdon en ôtant ses chaussettes. J'en étais sûr !

– Mais j'en ai parlé au *Glare*.

– Quelle importance ! s'exclama le Bourdon en étalant le journal sur le lit. Regarde un peu ça : *Quel serpent Londres nourrit-il en son sein ?* Non, mais vraiment ! *Réservez* dès maintenant *votre* Daily Scream *pour ne pas manquer notre enquête de la semaine prochaine au cœur du fascisme britannique*.

– Je suis sincèrement désolée, mon amour.

– Tout ça, c'est ta faute. Tu es une idiote, Jenny. Maintenant, on va sans doute se faire tous virer.

– Ce n'est pas du tout ce que je pensais qu'ils écriraient. Oh ! ils ont été très méchants avec Greg.

– Sans parler de tous les horribles mensonges qu'ils ont publiés sur moi.

– Qu'a dit Greg quand tu es allé le voir ?

Le Bourdon se mit debout sur le lit en brandissant le bras.

– Je dois pardonner, *pardonner*, singea-t-il. Je n'ai jamais assisté à un pardon aussi féroce de toute ma vie. Ensuite, il a jeté le journal par terre et il l'a piétiné.

– Ce cher Greg ! s'exclama Jenny, aux anges. Quel amour !

– Je crois qu'il en pince un peu pour toi, dit le Bourdon.

# VI

Le lendemain matin, une réunion éditoriale eut lieu au *Glare*. L'assistant du rédacteur en chef installait le bureau en vue d'une exécution.

– Pauvre vieux Lovell, dit le rédacteur en chef.

– Comme vous dites, *sir, pauvre vieux Lovell*, acquiesça l'assistant en redressant le presse-papier.

Ils parlaient du rédacteur qui faisait les cent pas dans l'antichambre, en se rongeant les ongles. Le rédacteur en chef contempla la pendule en acajou posée sur la cheminée, avant de jeter un coup d'œil en direction du fauteuil vert dans lequel le rédacteur allait poliment se faire étriper.

– Encore cinq minutes.

– Je suppose que nous allons lui offrir le verre traditionnel, *sir ?*

– Je ne sais pas s'il le mérite, répondit le rédacteur en chef avec une humeur égale.

– Après tant d'années ! dit l'assistant avec une tristesse feinte, en déposant une bouteille de *Haig* et trois petits verres sur le bureau.

– Quel âge a Lovell ?

– Il approche de la soixantaine, *sir*.

– C'est donc son dernier poste de rédacteur, n'est-ce pas ?

– Sans aucun doute, *sir*.

– C'était criminel de sa part de laisser échapper cette histoire de fascistes, Tony.

– En effet, *sir*, répondit l'assistant, en se demandant au passage de quels fascistes il s'agissait. Il faut qu'une tête tombe, *sir*.

– Ce Woof, demanda brusquement le rédacteur en chef, qu'est-il devenu ?

– C'est Lovell qui l'a renvoyé, *sir*, s'empressa de souligner l'assistant, ce n'est pas moi.

– Je le sais bien, répondit le rédacteur en chef d'un ton cassant.

– J'ignore où il est maintenant, *sir*.

– Je me demande s'il est allé au *Scream ?*

– Oh, mon Dieu non, *sir !* Il ne peut pas avoir fait ça !

– Pourtant, le *Scream* a sorti toute cette enquête sur le fascisme.

– Mais nous, nous avons découvert les Russes sur la Terre de Graham, *sir*.

– Les gens se contrefichent de la Terre de Graham quand le fascisme est à leur porte ! répliqua le rédacteur en chef d'un ton hargneux. Ne dites pas de bêtises, Tony.

– Excusez-moi, *sir*.

– Woof a obtenu tous les renseignements grâce à cette duchesse fasciste, je ne sais plus comment elle s'appelle... Le *Scream* va publier un long article sur elle. Leurs ventes montent en flèche.

Il n'y a pas de quoi s'inquiéter, *sir*.

– *Pas de quoi s'inquiéter ?* répéta le rédacteur en chef en martelant chaque mot.

Il posa son stylo en or ; l'assistant sentit qu'il avait commis une grosse bévue.

Le rédacteur en chef secoua violemment la tête de droite à gauche. « Pauvre vieux Tony, se disait-il, je ne vais pas continuer à le former pour prendre ma place. Tout compte fait, ce garçon est un imbécile. »

Jusqu'à présent, il avait déjà formé vingt poulains, et ce petit jeu l'amusait énormément. Cela lui permettait d'avoir quelqu'un à qui parler ; car c'était un homme sociable qui aimait la vie de famille. Le *Glare* avait complètement cafouillé dans l'affaire de l'AFAL. Il devait découvrir de quelle façon, et pourquoi. Sinon, il risquait de ne pas former des poulains en vain... Dans l'immédiat, la décision qui s'imposait, c'était de virer le rédacteur. Cet imbécile aurait dû offrir une promotion à Woof, au lieu de le mettre à la porte. Soudain, il se souvint que c'était lui-même qui avait nommé Lovell à ce poste. D'un mouvement brusque, le rédacteur en chef se redressa et appuya sur un bouton de l'interphone.

– Faites entrer Mr. Lovell, aboya-t-il.

Ignorant tout des pensées intimes du rédacteur en chef, son assistant sourit discrètement en regardant ses chaussures.

Pendant ce temps au *Scream*, l'ambiance était à la fantaisie et à la jubilation. Dans le bureau du rédacteur, les baisers claquaient et on se frottait les mains à n'en plus finir. Le nom de Woof était devenu un nom tout-puissant. Même si Woof n'était pas dans les parages à cet instant. Il téléphonait régulièrement depuis des cabines publiques mystérieuses situées de l'autre côté du fleuve pour dire qu'il « était sur la piste » et qu'il « remuait la boue ».

Une sonnerie retentit sur le bureau du rédacteur ; d'un geste large et souple, celui-ci décrocha un téléphone.

– Oui ?

– Service des ventes, *sir*. Nos ventes ont augmenté de six pour cent à l'heure du déjeuner.

– Formidable, formidable, grogna le rédacteur d'un air jovial. Quelle est la cause de cette augmentation... Très bien. Qu'ils continuent comme ça. Passez-moi la rédaction... La rédaction ? Je veux qu'on donne priorité absolue à cette histoire Riofrio. C'est bien compris ? Vous pouvez laisser tomber Elmer's End, il n'y a plus rien à en tirer avant le procès. Envoyez Jamb à Belgravia, dites-lui d'essayer de prendre des photos de la maison de cette bonne femme. Inkling est là-bas ? Parfait. Dites-lui de ne pas la lâcher jusqu'à ce qu'il obtienne une interview. Je veux qu'il soutire le maximum d'idioties à cette petite dinde. Cette histoire de titre de noblesse espagnol, c'est formidable ! Et dénichez-moi tout ce que vous pouvez sur ce Bourdon. Prison. Casier judiciaire. Dossier scolaire. N'importe quoi. Je m'intéresse personnellement à cette histoire. Alors mettez-vous au boulot et ouvrez l'œil. C'est compris ?

La porte d'Ashurst s'ouvrit, et, surprise, le médecin entra en tenant un plateau.

– C'est l'heure de nourrir les fauves ! lança-t-il d'un ton joyeux. Alors, comment vous sentez-vous ? Encore un peu dans les vapes ?

– Je me sens beaucoup mieux.

Le médecin déposa le plateau sur la chaise et s'approcha du lit, sans la même prudence que lors de sa précédente visite.

– Très bien.

– Quand pourrai-je sortir d'ici ? demanda Ashurst.

Le médecin fit un geste vague.

– Tout dépend de la façon dont vous réagissez au traitement, murmura-t-il. Vous êtes très malade, vous savez. Dans six mois peut-être... un an... nous verrons bien.

– Pourquoi est-ce que vous m'apportez mon repas ?

– C'est l'heure du déjeuner... Oh ! Simmonds est de congé aujourd'hui, et nous manquons un peu de personnel.

– Vous ne pourriez pas me détacher les mains, juste le temps de manger ?

– C'est inutile. Je vais vous faire manger.

– Je crois, dit Ashurst, que ça me serait bénéfique d'avoir l'impression de vivre comme un être humain, rien qu'un instant.

Le médecin pencha la tête sur le côté et observa Ashurst avec son regard gris et serein.

– D'accord, dit-il enfin, je suppose qu'il n'y a aucun risque. Mais ne tentez rien surtout, sinon je serai forcé de vous enfermer avec les cas difficiles, et c'est un endroit épouvantable.

– Que voulez-vous que je tente ? répondit Ashurst. Je suis aussi faible qu'un nouveau-né.

– Je m'en doute, dit le médecin.

Il se pencha et défit les liens. Ashurst le saisit au cou. Il fit glisser la pression de ses mains vers la trachée artère du médecin ; le visage de celui-ci devint cramoisi, avant de virer au bleu. Ses mains battirent faiblement dans le vide, ses talons raclèrent le sol en pierre. Ashurst craignait que quelqu'un, en passant, n'aperçoive la scène par la porte restée entrouverte. Le médecin perdit connaissance. La rage d'Ashurst était telle qu'un instant il songea à le tuer, mais il se ressaisit et laissa retomber sur le sol l'ignoble corps inanimé. Après avoir défait les liens qui lui entravaient les pieds, il se leva d'un bond et faillit tomber, découvrant avec stupéfaction que ses jambes n'avaient plus aucune force. Il claqua la porte et tira le verrou. Le médecin s'agita sur le sol comme un serpent à la colonne vertébrale brisée, laissant échapper une série d'horribles râles. Sans perdre une seconde, Ashurst entreprit de le déshabiller. Au milieu de l'opération, le médecin reprit connaissance et ouvrit la bouche pour crier, mais il ne parvint à émettre qu'une sorte de hoquet rauque. Ashurst le menaça du poing pour réclamer sa coopération. Il l'obtint. Le déshabillage fut enfin achevé, jusqu'à la blouse blanche. Se massant le cou et la gorge, le médecin eut l'obligeance de se relever en chancelant, silhouette grotesque vêtue d'un maillot de corps et d'un caleçon. Ayant calculé la distance avec soin, Ashurst le frappa de toutes ses forces. Le médecin s'effondra ; Ashurst arracha une couverture sur le lit et la jeta sur l'homme inconscient. Fouillant dans les poches de son costume d'emprunt, il trouva dix livres, divers papiers et un jeu de clés de voiture. Il déposa soigneusement les papiers en pile sur le lit, à côté du mouchoir et du stylo-plume du médecin. Balayant la pièce du regard, il avisa un grand trousseau de clés sur le plateau-repas. Il ouvrit la porte, se glissa au-dehors, choisit la bonne clé et enferma le médecin à l'intérieur. Puis il s'avança avec prudence dans le couloir sans fin. Au loin, une infirmière poussant un chariot métallique apparut à la sortie d'un virage ; l'apercevant, elle lui lança : « Bonjour, docteur ! » avant de disparaître derrière une double porte battante. Ashurst agita les clés de voiture dans sa main, sur le porte-clé était inscrit « 771 YPF ».

Sur sa gauche se trouvait un escalier. Il descendit prudemment jusqu'en bas, aperçut une porte ouverte qui donnait sur une allée, regarda autour de lui et, ne voyant personne, il s'élança au dehors. Trois voitures étaient tapies à l'abri de l'horrible bâtiment de brique et de ciment couleur chocolat. L'une d'elles, une Vauxhall, était immatriculée 771 YPF. Les portières n'étaient pas fermées. Otant la blouse blanche et la jetant en boule sur la banquette arrière, Ashurst démarra et descendit, à faible allure, une grande allée, passant devant une petite maison de gardien affreuse, semblable à un étron, et qui semblait déserte, pour finalement se retrouver sur la A41. Il roula pendant environ un kilomètre avant d'apercevoir un panneau qui indiquait « Hertford 12 miles ». Il prit la direction de Hertford.

C'était le soir au café *Do-Ré-Mi* dans Old Compton Street. C'était aussi le soir du meeting hebdomadaire de l'AFAL. Dans le coin du café se trouvait un juke-box qui projetait des rayons rouges et mauves comme un monstre dans une bande dessinée d'épouvante ; sur le dessus de l'appareil, un écran montrait trois jeunes Italiens et une fille qui chantaient et dansaient au rythme du disque qui passait en-dessous. Les jeunes types jetaient des regards concupiscents par-dessus leurs guitares, et la fille croyaient qu'ils lui étaient destinés, apparemment, car elle balançait les hanches devant eux. Derrière la vitre, la pluie tombait sans discontinuer ; des files de jambes d'adolescents, d'imperméables en plastique et de coiffures grotesques couraient se mettre à l'abri. Autour d'une table au fond du café, trois vieux amis sirotaient avec sagesse des cafés mousseux dans des gobelets transparents.

– Alors, la journée a été bonne, Jack ? demanda le Peuple.

– Tu parles...

– Et toi, Harry ?

– A ton avis ? répondit Harry, un individu énigmatique et sournois. Tu crois que les vieux cons foutent le nez dehors par un temps pareil ?

Trois cuillères en plastique tournaient tristement en chœur. Des blousons en cuir scintillaient sous l'effet des gouttes de pluie qu'ils faisaient semblant de repousser ; des breloques tintaient autour des poignets et sur les poitrines. C'est alors que Louie fit son entrée, marchant vers le juke-box en se balançant comme un jeune homme dans le vent. Il était avec un client, un vieux type obèse aux cheveux blancs. Louie lui donna une petite tape sur les fesses et le vieil homme alla s'asseoir d'un air abattu à une table inoccupée plus loin. Louie avait toujours des clients, par n'importe quel temps. Il faisait croire qu'il était Porto-

Ricain, mais tout le monde savait qu'il était né à Liverpool. Son succès ne tenait nullement à son physique. Il était mince, nerveux, cruel et inventif, et il déclenchait les passions les plus vives à deux rues à la ronde. Louie se pencha au-dessus des trois têtes, il observa le Peuple et éclata d'un rire moqueur.

– Qu'est-ce qui t'arrive ? demanda celui-ci, mécontent. Tu viens d'arnaquer quelqu'un, ou quoi ?

– C'est toi qui me fais marrer, répondit Louie, une fois qu'il eut repris son souffle. Tu me fais marrer, c'est tout.

– Ah ouais, et pourquoi ? demanda froidement le Peuple.

– Parce que tu te plains d'être fauché, alors que tu pourrais te faire un peu de fric.

– Moi ? Je vois pas comment j'pourrais gagner du fric.

– Evidemment que tu vois pas, ironisa Louie. Si tu restes ici bien au chaud, avec ton gros cul calé sur une chaise.

Les deux compagnons du Peuple regardèrent Louie avec un silence rempli de respect.

– Comment va ton cher vieux Gregory ? demanda Louie.

– Gregory ? répéta le Peuple. Bof, c'était pas terrible avec le vieux Greg.

– Me fais pas rire dans mon café, dit Harry, tu m'as dit qu'il t'avait refilé cinquante billets.

Sur la défensive, le Peuple observa les regards moqueurs autour de lui, et il fronça les sourcils.

– Ah ! reprit Harry en s'adressant au monde entier, y en a qui seront jamais dans le coup.

– Ferme ta grande gueule, Harry ! dit le Peuple.

– Je vais te dire ce que tu ferais si t'en avais, dit Louie le Cruel, tu foutrais la pression sur ce vieux con jusqu'à ce qu'il crie pitié. (Louie s'était retrouvé en taule il y a peu de temps pour ce même motif.) Bon, ajouta-t-il en bâillant, j'ai intérêt à rejoindre ma vieille tante là-bas, avant qu'il fiche le camp sur ses hauts talons.

Il s'éloigna d'un pas nonchalant.

– Faut que j'y aille moi aussi, dit Jack en secouant ses boucles noires.

– Où tu vas toi ?

– Je vais à la réunion du Parti.

– C'est une fête ? On peut venir ? Y aura de quoi picoler ?

– Mais non, imbécile, c'est un truc qui s'appelle l'AFAL, ça se passe près de Waterloo.

– Je savais pas que tu t'intéressais à la politique, ma vieille.

– Faut bien être dans le coup dans un domaine, pas vrai ?

– Je crois que j'vais venir jeter un œil, dit Harry.

– Dans ce cas, on y va tous, dit le Peuple. J'en ai ras le bol de ce rade. De toute façon, j'suis fauché.

Jack récupéra sous la table une valise en carton.

– Qu'est-ce que tu trimbales là-dedans ? demanda le Peuple.

– Mon uniforme, déclara fièrement Jack. L'uniforme d'Angleterre Forte Angleterre Libre. T'as le droit de le porter que pendant les meetings. Tu l'enfiles en arrivant. Moi, je suis sous-chef, c'est comme une sorte de caporal dans l'armée.

Ils ricanèrent.

– Ça vous plairait, dit Jack. On joue aux fachos, on fait le salut militaire, on chante des chansons. T'as droit à un discours, et après, ils réclament des volontaires pour aller briser les grèves.

– Ouah, sensas ! s'exclama Harry.

– Y a un bar de l'autre côté de la rue où on va tous se saouler après. Vous savez quoi ? dit-il d'un ton magnanime, vous pouvez vous inscrire si ça vous dit.

Visiblement, ça leur disait.

– Evidemment, c'est pas payé, s'empressa de préciser Jack.

Harry perdit son sourire.

– C'est juste pour défendre ses idées, expliqua vaguement Jack, ce genre de conneries, mais si vous adhérez, vous serez sous mes ordres tous les deux, et on s'amusera avec les cocos.

– Les cocos ? dit Harry.

Apparemment, tous ceux qui n'étaient pas conformes à la ligne de pensée de l'AFAL étaient considérés comme des cocos.

– Attends un peu, intervint le Peuple qui n'avait rien dit depuis un moment, tu veux dire que ce vieux débris de Gregory est le chef d'un truc aussi génial ?

Jack haussa les épaules.

– Mais non ! Tout le monde se fout de Gregory. Le vrai chef, c'est le capitaine Durrell. Vous devriez l'entendre parler ! Il est phénoménal ! Il se lève et il se met à brailler, il vous arrache à votre chaise, en parlant des Juifs et ainsi de suite. D'accord, je suis un peu Juif moi-même, ajouta Jack pudiquement, mais ça a pas beaucoup d'importance. Allez, venez ! on va être en retard.

– Tout ça m'a l'air très secret, murmura le petit Harry en se levant, et très amusant.

Ils sortirent rapidement du *Do-Ré-Mi* et coururent sous la pluie, dans la rue sombre, jusqu'à la station de métro.

Ils montèrent à bord de la rame.

– C'est pas payé, tu disais ? beugla Harry en se balançant à la courroie d'appui, les pieds dans le vide.

– Non, cria Jack, faut être officier pour être payé.

– Pourquoi ils sont payés et pas nous ? rugit Harry.

– J'en sais rien, répondit Jack qui ne s'était jamais posé la question. On n'est pas payé, voilà tout.

– Dans ce cas, déclara Harry, on va tous devenir officier, voilà.

– Tu plaisantes.

– Non, je suis sérieux. Si ça t'intéresse, je peux même te dire comment on va faire.

– Ah oui, comment ? demanda Jack, curieux.

D'un signe de tête, Harry désigna le Peuple.

Grâce à lui et à Gregory. On va foutre la pression sur ce vieux dégueulasse.

Jack et le Peuple regardèrent Harry avec un air d'admiration béate.

– A mon avis, on devrait se faire des payes de général rapidement, déclara Harry avec grandiloquence ; d'ailleurs, c'est pas juste qu'ils soient payés, qu'ils aient droit de porter des super uniformes et pas nous.

– Et s'ils veulent pas qu'on devienne officiers ?

– Oh ! ils seront d'accord, répondit Harry d'un ton confiant, t'inquiète pas pour ça.

# VII

Le quartier général d'Angleterre Forte Angleterre Libre était un immense garage délabré derrière York Road. Situé à une cinquantaine de mètres seulement de la voie ferrée principale de West Country, il tremblait en permanence sous l'effet du grincement et du grondement des trains. Le toit fuyait, mais rien n'avait été fait pour y remédier ; ceux qui se réunissaient dans cet endroit s'intéressaient davantage aux cœurs réchauffés par les discours qu'aux pieds mouillés. Des volontaires avaient érigé une estrade rudimentaire tout au fond de l'atelier. Dessus se trouvaient une table et une dizaine de chaises ; sur la gauche se dressait une structure branlante ressemblant vaguement à une chaire, d'où Greg s'adressait aux membres du Parti. Le bâtiment était une sorte de caverne de béton obscure, divisée en carrés où se trouvait autrefois tout le matériel de réparations, et coiffée de projecteurs crasseux. Les sièges étaient inexistants ; la base du Parti ingurgitait la doctrine au garde-à-vous, tandis que les sous-chefs interdisaient l'accès de la salle à une foule de petites amies béates d'admiration qui finissaient par se rendre au pub de l'autre côté de la rue. Au-dessus et derrière l'estrade était suspendu l'emblème du Parti, bordé d'argent sur un fond noir : une épée traversant de haut en bas la lettre F, flanqué des portraits géants du Leader et du Commissaire-Adjoint.

Les officiers commencèrent à débarquer par petits groupes deux heures avant l'arrivée prévue de la base, mais déjà, sur le parking derrière, on entendait le crépitement nourri des pots d'échappement de motos : l'avant-garde des sous-chefs et des membres de l'Escadron Soixante qui avaient pour tâche cette semaine de servir de gardes du corps aux officiers. Ces derniers se retrouvèrent dans ce qui avait été jadis le bureau du directeur, au sommet d'un escalier situé au fond, bien au-dessus du rez-de-chaussée. Ce n'était pas une pièce joyeuse, et d'ailleurs à quoi bon ; elle était sale et poussiéreuse, et ceux qui ne trouvaient pas de chaise – il n'y en avait jamais assez – devaient rester debout ou s'appuyer contre le rebord de la fenêtre. La pièce contenait également deux coffres-forts. Le plus petit renfermait des archives, des dossiers d'adhésion et des livres de compte, ainsi que le texte original de la constitution du Parti – un document que Greg considérait déjà comme historique –, la correspondance échangée avec leurs bâilleurs de fonds, les propriétaires d'usines pour lesquels ils avaient brisé des grèves, et d'autres documents sans grand intérêt. Le plus gros des deux coffres était une véritable armurerie privée composée d'armes automatiques allemandes et japonaises, cinquante grenades à main et dix fusils de l'armée tout neufs, modèle anglais, que le Parti avait achetés à un certain Mr. Cream qui vendait ce genre de marchandise à grande échelle, quand il en avait la possibilité. C'est dans ce décor que les officiers discutaient de la teneur du meeting, pour savoir qui devait prendre la parole et sur quel sujet, qu'ils évoquaient les problèmes administratifs et, quand un tribunal de l'AFAL devait siéger, la jurisprudence du Parti. Ce tribunal devait justement se réunir ce soir pour juger Ashurst, et parmi les huit officiers placés sous les ordres du capitaine Durrell et de Greg, cinq d'entre eux en discutaient autour de la table.

Le major Krokker, chef de la sécurité et du renseignement, fit claquer son dossier en le refermant et se rassit. Ses yeux animés et rieurs balayèrent l'assemblée, ses lèvres vermeilles souriaient au milieu de sa barbe soigneusement taillée. C'était un Belge qui avait vécu à Alger jusqu'en cinquante-huit, quand l'holocauste qui se produisit là-bas, et son rôle dans son extension, l'obligèrent à quitter la ville ; mais le passeport qu'il possédait émanait d'une ville très éloignée de Bruxelles. En quarante-cinq, il fut chassé de la police pour collaboration et purgea une peine de six ans d'emprisonnement à la forteresse de Liège, où il tuait le temps en apprenant l'anglais, l'arabe et le russe ; à sa sortie de prison, il devint *agent* professionnel, vendant ses services partout où il le pouvait – un homme dangereux. Il trouva en l'AFAL un client très intéressé. Mais il ne pouvait se débarrasser de cette manie qui consistait à conclure chacune de ses phrases, chaque fois qu'elle s'y prêtait, par ces mots qui lui avaient valu son surnom de

*Mr. N'est-ce-pas* * ; et un jour, cela causerait peut-être sa perte. Seul parmi tous les officiers, Mr. N'est-ce-pas ne portait jamais l'uniforme, ce qui ne l'empêchait pas d'exercer sur le Parti une vigilance impitoyable et efficace, à laquelle Ashurst avait autant de chances d'échapper qu'un éléphant pris dans le faisceau d'un projecteur.

– Depuis quand étiez-vous au courant au sujet d'Ashurst ? demanda le capitaine Wexel.

Responsable des finances du Parti, Wexel était un comptable dont le dévouement fanatique et l'attente du « Grand Jour » étaient uniquement tempérés par une terreur chronique que Mr. N'est-ce-pas ne découvre qu'il était Juif, bien qu'il soit blond et affirme avoir des ancêtres allemands. Mr. N'est-ce-pas, qui haïssait les Juifs, avait découvert la vérité en l'espace de deux semaines et fait aussitôt son rapport, mais Wexel était trop précieux à ce stade pour qu'on lui intente un procès.

– J'étais au courant pour Ashurst depuis le début, *n'est-ce-pas ?* répondit calmement Mr. N'est-ce-pas. Il suffisait de remonter jusqu'à ses sources pour savoir ce qu'il pouvait nous dire sous la pression avant de...

– D'éliminer ce salopard, dit Crisso.

De tous les individus présents, Crisso, chef de l'Escadron Soixante et responsable du service de protection du Leader, remportait haut la main le concours de laideur. Il était affalé sur une chaise avec sa tunique, ornée des quatre étoiles qui le proclamaient colonel, ouverte sur une chemise civile ; sa ceinture pendait dans son dos, ses bottes en daim avec des bouts en acier offraient un curieux contraste. Son visage était ouvert aux quatre coins à la suite d'une blessure au couteau, ses quelques cheveux noirs étaient plaqués sur son crâne. Rares étaient les formes de criminalité qu'il ne s'était pas autorisé, et de toutes les prisons de Londres, il n'y en avait qu'une seule dont il ne connaissait pas l'intérieur. Avant même de rejoindre le Parti, il avait tué à deux reprises en toute impunité, et il avait brisé le cou du 2023 comme s'il décapsulait une bouteille de bière. Mais s'il avait pu lire dans les pensées du capitaine Durrell, il se serait vu dans le rôle de Röhm, aussi sûrement que Greg devait incarner Feder, et Wexel connaître les rigueurs du premier camp de concentration de l'AFAL.

– Dommage qu'on soit obligés de le juger en son absence, dit Wexel.

« Ils sont incroyables ! se dit Mr. N'est-ce-pas, tandis que Wexel passait sa langue sur ses lèvres épaisses ; si ça ne tenait qu'à moi, je quitterais la pièce et je balancerais une bombe à l'intérieur avant de fermer la porte. »

– J'ai encore du mal à admettre que le lieutenant Ashurst soit un espion, dit le dernier membre de l'assemblée.

Le capitaine Anklesmith était notaire ; il s'exprimait méthodiquement, comme s'il participait à un conseil d'administration, mais son regard fuyait sans cesse vers le plancher, comme une souris vers son trou.

– Pourquoi ? demanda Mr. N'est-ce-pas d'un ton cassant. Vous pensez que je n'ai pas été assez convaincant ?

– Parlant en ma qualité de conseiller juridique... commença Anklesmith d'un ton pompeux ; mais sentant peser sur lui le regard de Mr. N'est-ce-pas, il s'interrompit.

– Voilà donc le premier point de l'ordre du jour, dit Wexel en prenant note. L'exécution d'Ashurst.

– Pour ça, il faudrait d'abord lui mettre la main dessus, dit Crisso. Et vite, avant qu'il aille jacasser partout.

– Je ne suis pas inquiet, déclara Mr. N'est-ce-pas.

– Vraiment ? dit Wexel.

– Là où il se trouve, il n'y a aucun danger.

Tous s'étonnèrent.

– Vous savez donc où il est ? demanda Anklesmith.

– Entre les mains de leur police, répondit Mr. N'est-ce-pas. Notre équipe, *n'est-ce-pas ?* « Lucas » m'a dit où il était. Ne vous inquiétez plus au sujet d'Ashurst.

Crisso adressa un large sourire à Mr. N'est-ce-pas.

– Vous êtes un homme très fûté, pas vrai, mon vieux Nespa, dit-il, et un rire de soulagement parcourut la table.

Des bruits de pas résonnèrent dans l'escalier, la porte s'ouvrit et Greg, suivi de Tim, du Bourdon et du capitaine Durrell, entra dans la pièce en se pavanant. Tout le monde se leva d'un bond, alors que Greg se dirigeait, le torse en avant, vers le bout de la table en balayant l'assemblée du regard.

– Où est la Duquesa ? demanda-t-il d'un ton sec

En uniforme, ce n'était plus le Greg bienveillant qu'ils connaissaient. Tim et le Bourdon le regardaient, hébétés.

– Elle devrait être là, répondit enfin ce dernier.

– Eh bien, je ne la vois pas, répondit Greg, avant d'ajouter d'un ton hargneux : elle a intérêt à faire vite. Le Parti n'attend pas les incapables, et vous trois, vous avez déjà fait suffisamment de bêtises.

Jenny Riofrio avait convié les messieurs de la Presse à un thé-gin. Intérieurement, cela l'embêtait d'être en retard pour le meeting, mais l'alcool atténuait ce sentiment, tandis qu'elle tournoyait dans la pièce en beuglant poliment aux oreilles d'Inkling et d'un photographe qui essayait de tenir son appareil photo et son verre dans une seule main. (C'était encore un gamin. Au grand mécontentement d'Inkling, Jamb, beaucoup plus expérimenté, avait été envoyé en Terre de Graham.) Derrière la fenêtre ondulait une mer de journalistes déçus du *Glare* qui essayaient de voir à l'intérieur. Finalement, Inkling alla leur parler à travers la boîte aux lettres.

– Vous pouvez vous en aller ! leur cria-il. Le *Scream* est arrivé le premier !

Il retourna dans le salon.

– Franchement, dit-il d'un ton agacé, les journalistes sont devenus de vrais voyous de nos jours...

Comme si lui-même ne faisait pas partie de cette profession, ou alors c'était il y a fort longtemps. Il portait un costume chic, de coupe américaine. Jenny le connaissait bien. On le voyait dans la plupart des soirées, où on lui parlait autant qu'on parlait de lui, et où il était détesté, surtout dans son dos ; ce qui ne l'empêchait pas d'avoir toutes les filles qu'il pouvait désirer. D'ici peu, il épouserait certainement quelqu'un de très important. Son but ultime était une place de directeur au *Scream* et un siège aux Communes ; mais il essayait de ne pas songer combien la route était encore longue, car cela le déprimait. Se tournant vers Jenny, il sortit de sa poche un exemplaire du *Scream*, ouvert à la bonne page et le lui tendit.

– Vous avez vu ça ? demanda-t-il.

D'un simple coup d'œil, Jenny s'aperçut que non. « UN BASTION FASCISTE DECOUVERT A WATERLOO ! » était-il écrit en gros caractères. Suivaient un tas de choses concernant Greg, le Bourdon et elle-même. Tout cela avait très peu de rapport avec ce qu'elle avait raconté à Woof. Heureusement, le Bourdon était allé retrouver Tim ; il aurait été carrément fou de rage. Elle tourna le journal. En page sept se trouvait une photo d'elle en robe de mariée. Elle regarda vers la cheminée ; la photo de son mariage avec le Duque de Riofrio avait disparu. Elle en conclut que l'homme qui était venu relever le compteur l'avait emportée.

– Ne vous en faites pas, vous la récupérerez, promit Inkling. Alors ? Ça fait quel effet d'être dans le journal ?

Jenny était partagée. Jamais elle n'avait eu droit à autant de publicité. Tout cela était plutôt excitant, tant que le Bourdon n'était pas trop fâché. Mais il risquait fort de l'être, parce qu'elle vit qu'on parlait encore de son séjour en prison, et il lui avait déjà expliqué qu'il détestait les rumeurs à ce sujet.

– C'est une histoire intéressante alors ? demanda Jenny timidement.

– Non, pas tellement à vrai dire, ma jolie, répondit Inkling pour minimiser la chose. Ce qu'il nous faudrait, c'est quelques photos plus récentes, et un peu plus d'informations.

Jenny était réticente.

– Non, je ne peux pas, sincèrement.

– Allons. Il nous faut quelque chose pour l'édition du matin.

– Je ne peux rien dire.

– Rien que deux ou trois questions ?

– Non, je suis désolée, répondit-elle poliment.

– Ecoutez, dit Inkling, je vous demande seulement de répondre à trois questions, et pour chacune je vous donnerai cinquante livres. Vous vous rendez compte ? *Cinquante livres !* Allez, suppliat-il, c'est une sacrée somme !

« Oui, évidemment, songea Jenny, s'ils sont prêts à *payer*... » Elle se resservit un peu de gin pour gagner du temps. Inkling adressa un signe de tête au photographe qui la prit en train de tenir la bouteille de gin.

– Bordel de merde ! s'exclama-t-elle en tapant du pied, maintenant tout le monde va me prendre pour une alcoolique !

Elle se rua sur le photographe qui recula en tremblant.

– Donnez-moi immédiatement cette photo ! rugit-elle d'un ton impérieux. Donnez-la-moi ou sinon j'appelle mon avocat, et vous ne m'arracherez plus un seul mot !

Inkling jugea le second argument plus convaincant que le premier.

– Fais ce qu'elle demande, dit-il tristement.

Jenny prit le film et le rangea dans son sac à main.

– Vous devez vraiment penser que je suis indigente si vous croyez que je vais me contenter de cinquante livres.

Finalement, ils se mirent d'accord pour quatre cents livres en échange de quinze cents mots écrits par Inkling. Elle n'aurait qu'à signer.

– Je veux l'argent tout de suite, exigea Jenny.

Inkling lui établit une reconnaissance de dettes au nom du *Scream* et ils se mirent au travail.

– Pour commencer, dit Inkling lorsqu'ils furent confortablement installés, j'aimerais en savoir plus sur vos liens avec Angleterre Forte Angleterre Libre. Quel est votre rôle au juste ?

– Eh bien, répondit Jenny en rougissant légèrement, tout cela est *quelque peu* embarrassant. Je ne sais pas comment vous expliquer.

– Essayez quand même.

– Je dois devenir la... *partenaire* du Leader en quelque sorte.

– Oh, je vois, fit Inkling en prenant des notes. Une secrétaire particulière, vous voulez dire.

– Non, pas du tout.

– Ah ? Quoi alors ?

– La... la Première Dame Officielle, dit Jenny en rougissant jusqu'aux oreilles.

Inkling mit une minute à comprendre ; à ce moment-là, il partit d'un grand éclat de rire enfantin. Le photographe, lui, était plié en deux comme un arbre dans un typhon.

– Oui, j'imagine qu'on peut trouver ça amusant, dit Jenny en émettant elle aussi un petit rire timide.

– Et votre copain machin-chose ?
– Tim et lui vont être nommés officiers ce soir.
– Ah ! dit Inkling en griffonnant dans son carnet comme un fou, il faut absolument que je voie ça.
– Ils ne vous laisseront jamais entrer, répondit Jenny. Ils sont affreusement stricts.
– Je me débrouillerai, déclara Inkling.
Il écrivit : « *Un ancien prisonnier sorti d'une école privée prête serment chez les Fascistes.* »
Quand il eut posé toutes ses questions, il dit :
– Maintenant, il faut nous laisser prendre quelques photos, Jenny. S'il vous plaît.
– Bah, fit-elle d'un air hésitant, je n'ai rien contre, du moment que ce sont des photos *intelligentes où* on ne me voit pas en train de boire ou de faire des *idioties*.
Et donc, ils la photographièrent dans différents coins de la pièce, l'air heureux, l'air de s'ennuyer, arrangeant ses cheveux, etc.
– Je pense à une chose, dit Jenny. Comment je vais aller au meeting avec tous ces gens qui grouillent autour de la maison ? Ça ferait très mauvais effet si je n'y allais pas... c'est vrai, Greg s'est donné tellement de mal ; je ne veux pas lui faire de la peine.
– Laissez-moi faire, répondit Inkling comme un père compréhensif qui promet de se déguiser en Père Noël. En échange, vous n'auriez pas une chambre de libre, par hasard ?
– Des tas, répondit Jenny.
En l'observant de plus près, elle se demanda si elle n'en pinçait pas un peu pour lui.
– Le journal m'a demandé de garder l'œil sur vous, si ça ne vous ennuie pas.

– Comme c'est gentil ! s'exclama Jenny en tapant dans ses mains. Des visiteurs !

Le téléphone sonna.

– Vous permettez ? dit Inkling en décrochant. Allô ? Inkling à l'appareil... Comment ?... Oh ! c'est vous, *sir*... Oui, elle a craché le morceau... de l'explosif... Oui, je sais, je vais l'y conduire... il faudra peut-être l'emmener en hélico, je ne veux pas qu'elle tombe entre les mains du *Glare*... Bien sûr que je fais attention aux frais, *sir*. Je vais au meeting avec elle, il risque d'y avoir de nouveaux développements... Ah ! au fait, *sir*, l'article... seulement quatre cents... Oh ! merci beaucoup, *sir*... Ah vous devriez voir ça... le *Glare* est blême, *sir, blême !*

Jenny suivit cette conversation avec des sentiments partagés. Inkling raccrocha et s'immobilisa, le téléphone à la main.

– Au fait, dit-il, où est le Bourdon ?

Cette question inattendue prit Jenny au dépourvu.

– Il... il est au meeting, dit-elle pour tergiverser.

Inkling consulta sa montre.

– Il est encore un peu tôt, non ?

– Non, absolument pas ! répliqua-t-elle sur un ton de défi.

– Si.

Oh, mon Dieu ! cela ne finirait donc jamais ? Une larme scintilla sur sa paupière.

– Très cher Inkling, s'exclama-t-elle, il faut me laisser parler au Bourdon !

– Vous *laisser* lui parler ! s'écria Inkling en se levant d'un bond, mais vous venez de me dire qu'il était au meeting.

– Euh... en fait, non, pas vraiment, presque... sanglota Jenny.

Pendant toute la soirée, elle avait attendu qu'Inkling quitte la pièce pour pouvoir téléphoner en privé, mais il ne semblait pas décidé à s'en aller.

– Oh, mon Dieu ! c'est un vrai cauchemar ! s'écria-t-elle. J'aurais voulu ne jamais entendre parler d'Angleterre Forte Angleterre Libre. Ce n'est pas du tout un truc pour nous !

« Je dois y aller en douceur », se dit Inkling. Il s'avança et passa son bras autour de ses épaules pour la réconforter ; mon Dieu, quel avantage d'être à la fois gentleman *et* Journaliste !

– Ecoutez-moi, dit-il d'une voix apaisante, pourquoi vous ne lui téléphonez pas ?

– Oh, vraiment ! je peux ? dit Jenny. (Voilà que je souris, songea-t-elle. N'est-ce pas une erreur ?) Ça me ferait tellement plaisir.

– Avez-vous pensé exactement à ce que vous alliez lui dire ?

– Non, répondit Jenny d'un ton sec, et de toute façon ça ne vous regarde pas.

« Tout doux, tout doux », se dit Inkling.

– Vous voulez bien sortir de la pièce pendant que je lui parle ? C'est très personnel.

Moment délicat pour Inkling. Pour lui, rien n'était personnel. Plus c'était personnel, plus c'était accrocheur en première page.

– Ecoutez, Jenny, mon trésor..., dit-il en lui caressant le bras de manière persuasive.

– Arrêtez, dit-elle en retirant brusquement son bras.

– Je ne peux pas vous aider si vous m'envoyez

sur les roses en permanence, fit remarquer Inkling sur le ton de la raison.

– Désolée, je suis sur les nerfs.

– Vous avez envie d'assister à ce meeting ce soir, n'est-ce pas ?

– Envie ? Il faut que j'y aille ! s'écria Jenny de nouveau en proie au désespoir.

– Très bien, je vais m'arranger avec le journal. En échange, je vous demande simplement de...

– C'est d'accord, dit Jenny, résignée. Mais asseyez-vous à un endroit où vous ne pouvez pas entendre.

Inkling s'assit trop près, il la regarda composer le numéro et le mémorisa. Vétéran endurci, il frémissait encore d'excitation. C'était une histoire formidable, un truc du tonnerre. Une duchesse bidon, des anciens élèves d'écoles privées roublards (le père de Spurmaway n'était-il pas général ?), des révolutions... rien que de l'info de première page, signée *Jonathan Inkling, notre envoyé spécial*.

La voix de Jenny interrompit ses rêveries.

– Chéri ? dit-elle au téléphone. Oh ! chéri, Dieu soit loué, c'est toi ! Il se passe des choses *sensationnelles !*

Le Bourdon laissa retomber bruyamment le combiné du téléphone et il s'essuya le front.

– Oh, mon Dieu, gémit-il, elle a fait un de ces gâchis !

– Comment ça un *gâchis ?*

– Il faudra attendre de lire le *Scream* demain matin pour connaître le pire. Elle a parlé d'une histoire d'hélicoptère pour se rendre au meeting.

– C'est une drôle d'idée d'arriver en hélicoptère alors qu'on est à peine inscrits au Parti, et qu'on essaie d'y aller en douceur.

– Je sais, je sais...

– Le problème avec Jenny, c'est qu'elle possède une sorte de don effrayant pour se faire remarquer de la pire façon qui soit. Elle y prend plaisir, on dirait.

– Quel dommage que je ne m'en sois pas souvenu plus tôt.

– Oui, dommage.

– Sans parler du fait, reprit le Bourdon, que cet épouvantable Inkling est enfermé dans la maison avec elle.

– Oh non, pas l'*horrible* Jonathan Inkling du *Scream !*

Les deux hommes échangèrent un regard épouvanté.

– Qu'est-ce qu'on va bien pouvoir faire ? demanda Tim.

– Pas grand-chose, répondit héroïquement le Bourdon, à part nous boucher le nez et nous jeter à l'eau.

– Tu veux dire aller au meeting et ainsi de suite ? Autant se passer la corde au cou, tu ne crois pas ?

– Si.

– Eh bien, je prie Dieu pour que tout se passe bien.

– Tu n'es pas le seul, déclara le Bourdon avec ferveur.

– Pourtant, j'ai l'impression que ça ne va *pas* bien se passer, dit Tim.

– J'espère que tu te trompes.

– Je l'espère aussi. Mais je me trompe rarement.

– Ça veut dire se retrouver encore en taule ? demanda le Bourdon.

– Vu la tournure que prennent les événements, je pense que ça peut vouloir dire n'importe quoi.

– Oh ! mon Dieu, mon Dieu ! se lamenta le Bourdon en se tordant les mains de désespoir, *c'est trop, c'est vraiment trop* *.

Debout devant la cheminée de son salon, un important fonctionnaire du gouvernement balaya du regard la pièce cossue sans la voir. Il froissa entre ses doigts une feuille de papier ; il s'agissait de la version *en clair* * du télégramme envoyé par « Lucas » et qu'il venait à l'instant de décoder. Il se souvint de ses réticences lorsque Ashurst avait été choisi pour enquêter sur l'affaire de l'AFAL. « Ashurst est l'agent le plus stupide que nous avons pu trouver, lui avait dit " Lucas ". Il est stupide et honnête. Le Parti va le repérer en un clin d'œil, et Krokker se chargera de l'éliminer. Le département ne sera pas tenu pour responsable et nous pourrons faire taire Widderburn en lui expliquant que c'est une mission trop dangereuse pour risquer de perdre de bons éléments. »

Le fonctionnaire se souvint qu'il n'aimait pas cette idée et que son cœur avait failli cesser de battre lorsque « Lucas » était venu le trouver après le dernier entretien avec Ashurst. « Ce n'est plus le même homme, déclara " Lucas ". Il a toutes les informations entre les mains. Je suis inquiet. » Ce n'était rien comparé à l'inquiétude qu'éprouvait le fonctionnaire. Tardivement, il songea qu'il était trop vieux pour les révolutions. Son regard se posa une fois de plus sur le funeste télégramme :

ASHURST EN FUITE STOP RESTE INTROUVABLE STOP IMPÉRATIF JE RÉPÈTE IMPÉRATIF AGIR IMMÉDIATEMENT IMMÉDIATEMENT STOP DÉPARTEMENT IMPUISSANT FIN

« C'est évident que le département est impuissant, se dit le fonctionnaire, et lui aussi. » Il sentait pendre la peau flasque de ses joues ; son teint était plus gris que ses vêtements discrets. Cette suggestion qui lui était faite d'agir en personne était ridicule ; et ils le savaient aussi bien que lui. C'était simplement leur façon de se débarrasser du bébé.

« Lucas » lui avait dit : « Si on gagne, vous aurez tout à gagner vous aussi, évidemment. Mais un seul faux pas... » Le faux pas venait de se produire. C'était une situation épouvantable. La presse, par exemple... un seul mot d'Ashurst, et avec les renseignements qu'ils possédaient déjà sur Waterloo, ce serait la fin. Il n'y avait qu'une seule issue : il fallait retrouver Ashurst et... « Mais dans une démocratie, songea le fonctionnaire, ce genre de chose ne pouvait pas arriver à Ashurst. »

Cela ne pouvait arriver que si l'AFAL était au pouvoir.

La réputation et même la liberté des deux cents individus haut placés qui se trouvaient derrière le Parti reposaient entre les mains du fonctionnaire. S'il échouait... Il trembla, et le télégramme flotta lentement jusqu'au sol.

# VIII

Le procès par contumace d'Ashurst était presque terminé ; Mr. N'est-ce-pas procédait à la récapitulation des preuves avant le verdict. Tim l'écoutait bouche bée. « L'Angleterre, se disait-il, abasourdi, l'Angleterre ce n'était pas ça. L'Angleterre n'était pas un pays où on faisait des révolutions, où des individus terrifiants revêtaient des uniformes noirs et vous condamnaient à mort ; l'Angleterre était un pays tranquille, un pays où l'on fabriquait des bouillottes et autres objets douillets, où de gentilles dames d'un certain âge vous mettaient au lit quand vous aviez de la fièvre, avec une tasse de thé et de l'aspirine. »

Rien dans son passé ne l'avait préparé au procès d'Ashurst, ni à quoi que ce soit d'Angleterre Forte Angleterre Libre, à l'exception peut-être de Greg, dont on pouvait voir chaque jour le prototype chez Mrs. Grissom. Pour Tim, fils unique du général de division Drakehatton Spurmaway, Sudwich Hall se dressait avec élégance à l'arrière-plan – d'un gris froid et fatigué, mais avec de faux reflets de gaieté aux fenêtres, comme un supplicié sur sa roue. Il avait connu la faim un peu partout à travers le monde, mais ses souffrances avaient été de courte durée ; c'était le non-conformisme ajouté à la nursery qui l'avaient conduit à vivre de manière si précaire ; ces ajouts positifs et négatifs n'avaient cessé de se livrer bataille à l'intérieur de lui-même : hélas, le non-conformisme chargé d'espoir n'avait pas été assez fort pour le faire renoncer à Sudwich et au soutien trompeur qui s'y trouvait (le général passait son temps dans son appartement de Londres, si bien que Tim était libre de trouver refuge à Sudwich quand il le désirait, érigeant cette demeure comme une barrière entre lui et ses créanciers). Cette voie d'évasion invalidante l'empêchait de poursuivre (ou d'être poursuivi par) ses expériences de la vie. Sans cesse il se promettait de s'aventurer plus loin la prochaine fois, mais jamais il ne parvenait à faire les deux pas nécessaires au-delà de la vie pour basculer dedans.

L'AFAL risquait de déclencher la guerre civile. Tim n'avait jamais vécu en temps de guerre. Il connaissait bien les commandements de justice, il ignorait tout des balles et des exécutions. La guerre avait à peine affecté Sudwich. Une bombe volante était tombée au fond du parc en 1944. Un morceau d'avion abattu avait blessé un bélier de concours. Mais rien de grave : le vétérinaire avait soigné l'animal sous le regard fasciné de Tim ; le bélier reçut une tape sur le postérieur et alla rejoindre le troupeau en boitant. L'avion avait creusé un cratère de sable sur les *Downs* [1], et chaque jour Tim y entraînait Nounou à la

1. *The Downs* : nom donné à la rade située au large de Deal.

recherche de débris ; la guerre était une distraction à laquelle on assistait depuis la fenêtre de la nursery. Dans le but de combattre cette ignorance, il avait voyagé, mais, reconnaissait-il un peu gêné, « toujours dans un périmètre où l'argent pouvait lui parvenir en deux jours par câble express ». Sauf à New York, où ce fut peut-être différent. Vivre là-bas avec soixante-dix *cents* par jour avait été une épreuve épouvantable, mais elle non plus n'avait pas donné les bons résultats : elle l'avait simplement fait jurer de ne jamais renouveler une expérience aussi affreuse.

Mais l'introduction de l'AFAL et sa dramaturgie sordide dans le mélange sembla lui ouvrir les yeux : il se voyait comme l'esquisse (il n'osait dire le portrait) du parfait égoïste, s'emparant de tout ce qu'on lui offrait (même les choses offertes par hasard), et surpris de constater, en plongeant dans son passé à la recherche de toutes les choses ahurissantes qu'il croyait avoir vécues, que celui-ci était vide. Malgré tous les coups qui avaient pu pénétrer la carapace d'acier qui le protégeait de l'existence comme une armure, il prenait grand soin à ce qu'elle ne tombe pas. Mais à travers l'ignorance qui déformait sa compréhension de la politique, et les maux que des individus cherchaient à soigner et à imposer, Angleterre Forte Angleterre Libre lui prouvait qu'une semblable ignorance chez les dirigeants incitait la politique à s'attaquer férocement même aux plus grands d'entre eux, et jamais il n'avait vu moins de grandeur que chez les acteurs de cette farce tragique.

La récapitulation des preuves s'acheva. Tim

reprit ses esprits avec un sursaut coupable. Greg promena sur l'assistance un regard chargé d'expectative, puis il frappa d'un air impérieux sur la table avec son marteau.

– Le verdict, déclara-t-il d'un ton d'importance. Colonel Crisso ?

– Tuons-le, répondit Crisso en écrasant un cure-dents dans le cendrier.

Greg se tourna vers le capitaine Durrell.

– La mort, répondit le Commissaire-Adjoint.

Greg parcourut ainsi le cercle, appelant un nom après l'autre, et chacun son tour, y compris Tim, prononça le petit mot sec. Après quoi, le Leader se racla délicatement la gorge.

– Messieurs les officiers du Parti, dit-il de sa voix claire, aiguë, destinée au public. (« Le plus fou dans toute cette folle histoire, songea Tim, c'était la rigueur toute britannique avec laquelle tout cela se déroulait. Il n'y avait pas de tapage, pas de démonstrations outrées, pas de mise en accusation passionnée ; uniquement la sentence calme et sans appel. ») L'article quatre de la constitution du Parti indique clairement que tout membre du Parti accusé d'avoir transmis des informations secrètes à tout individu, organisme, gouvernement ou régime hostile aux intérêts du Parti, s'il est reconnu coupable par une majorité de membres du tribunal du Parti, sera condamné à mort, la sentence devant être exécutée par la section de la police du Parti, ainsi que cela est spécifié dans l'article sept, sous le contrôle du responsable de cette section, à l'endroit et à l'heure que celui-ci juge opportuns... Nous, le Tribunal, déclarons que la sanction indiquée dans cet article sera de ce fait appliquée sur la personne de... (Greg s'interrompit le temps de promener son regard sur l'assistance figée) Edwin Albert Ashurst, jugé et condamné à mort par contumace pour complot, conformément à ce qui précède.

Greg fit le salut fasciste et se rassit ; après une brève hésitation tous les autres l'imitèrent.

– Deuxième point à l'ordre du jour ? demanda Greg en se tournant vers Anklesmith.

Anklesmith se racla la gorge.

– Serment des nouveaux officiers, dit-il, comme s'il s'excusait.

Dans le crépuscule, l'hélicoptère planait d'un air hésitant au-dessus de la rue, au milieu du vacarme métallique des pales.

– Il est temps d'y aller, dit Inkling en tapotant sur l'épaule d'une Jenny résignée. Ma parole, cet uniforme me plaît.

Jenny s'observa d'un œil dubitatif. Cette tenue sophistiquée l'avait attendue tout l'après-midi chez un couturier en vogue de Chelsea ; il y a une demi-heure, on était allé la récupérer, on l'avait payée et livrée avec les compliments du *Daily Scream*, au milieu des cris et des insultes des hommes du *Glare*. Il avait besoin de quelques retouches ici et là ; la jupe était trop longue, une fermeture Eclair s'était coincée, et la Croix de Chevalier convolutée, entre le deuxième et le troisième bouton, avait été cousue à l'envers.

– Vous êtes parfaite, déclara Inkling d'une voix forte et enjouée. Par où est-ce qu'on accède au toit en terrasse ?

D'un pas fébrile, ils montèrent jusqu'à l'échelle dressée à côté de l'armoire à linge au dernier étage. Ils l'escaladèrent, et après s'être battu un instant avec la trappe, ils débouchèrent sur un toit plat et noir de suie. En levant les yeux, Jenny vit l'hélicoptère suspendu au-dessus de leur tête dans le crépuscule. Le visage grimaçant du pilote était penché à l'extérieur ; l'inscription *Daily Scream* était peinte en énormes lettres blanches sur le fuselage. En regardant dans la rue tout en bas, Jenny aperçut une foule importante de curieux, et elle entendit les sarcasmes des hommes du *Glare*. Après un petit moment d'attente, l'extrémité d'une échelle de corde se déroula jusqu'à eux. Jenny releva sa jupe au-dessus du genou et posa fermement le pied sur le premier barreau. Un grand nombre de flashes crépitèrent dans l'obscurité troublée. Elle plaqua l'échelle contre elle, assourdie par le vacarme de cet engin qui lui paraissait peu sûr, et elle sentit ses pieds racler la surface du toit avant de s'élever dans les airs.

– Vite ! cria le pilote.

– Allez ! hurla la foule. Allez !

– C'est vachement amusant, hein ? dit Inkling dans son dos.

Il se dit qu'il adorait ça.

– Oh, fermez-la, pour l'amour du ciel ! répondit sèchement Jenny.

Suspendue dans le vide, bien au-dessus des cheminées, elle regarda de nouveau la rue tout en bas. Tout lui paraissait horriblement petit, et elle se demanda si elle allait d'abord s'évanouir ou bien vomir.

Les membres de la base remplissaient la salle par petits groupes. Jack, Harry et le Peuple avaient bu. Ils se tenaient dans un coin sombre, protégés par un bavardage insipide concernant les filles, des motos qui avaient été bénies à l'église et de brefs et fervents éclats de discussion presque politique.

Appuyé contre le mur, Harry fumait.

– O.K., disait-il derrière cette façade nonchalante. On entre direct, on va voir le vieux Gregory et on lui fout la trouille comme on a dit.

– Et on lui dit qu'on veut tous être officiers, oublie pas, ajouta le Peuple, parce que j'connais un endroit dans mon quartier où qu'on trouve des p'tites étoiles dorées sensas.

– Oh ! toi et tes étoiles dorées, railla Jack. Tu ferais un drôle d'officier... Ma parole, t'es encore plus toqué qu'tous les autres, et malheureusement, ils vendent pas des cerveaux en rab avec les étoiles, espèce d'*alockshon*.

– Ça veut dire quoi ça ? demanda le Peuple dont le visage s'enflamma.

Il était très angoissé quand on lui disait des choses qu'il ne comprenait pas.

– Ça veut dire connard en youpin, répondit Jack. (Il se tourna vers Harry.) On est obligés d'le faire nommer officier lui aussi ?

– Du calme, dit Harry, on va pas s'battre maintenant, bordel.

Le Peuple sentit qu'on appuyait en lui sur un obscur bouton rouge portant l'inscription « Mise à feu ». Lui aussi avait beaucoup bu dans le pub d'en face.

– Ecoutez-moi bien tous les deux, cracha-t-il, vous vous croyez foutrement malin, pas vrai ?

– Hé, par rapport à toi...

– Du calme, du calme, dit Harry.

– Ecoute-moi bien, mec, dit le Peuple, furieux. J'peux très bien m'occuper d'Gregory avec une main dans l'dos. J'ai pas besoin d'ton aide, sale tantouse de Dean Street.

– Dans ce cas, pourquoi que t'y vas pas tout de suite ? répliqua Jack.

– Oh, arrêtez un peu ! dit Harry d'un ton nerveux, en jetant des regards autour de lui.

– J'vais y aller, promit le Peuple. Et si jamais quelqu'un d'autre m'cherche des noises ce soir, j'lui file une de ces raclées qui risque de l'envoyer à l'hosto pour un bail.

– C'est très bien, très bien, dit Harry, en adressant à Jack un clin d'œil aussi léger qu'une tenture de lit victorienne. Laisse faire le Peuple, s'il a envie d'le faire.

– Ouais, ricana Jack. On s'ra là pour t'aider.

Mais le Peuple n'écoutait plus. Il avait pris le mords aux dents, et apercevant un jeune type à l'air coriace, en jean moulant, qui semblait les écouter, il s'approcha et lui tapota sur le bras.

– Hé ! Ça t'intéresse c'qu'on raconte ? demanda le Peuple. Tu me prends pour quoi ? Pour une putain d'émission de radio ?

L'autre l'observa de la tête aux pieds d'un air incrédule. Au bout d'un moment, il dit :

– C'est à moi que tu parles, ducon ?

– Répète ça un peu pour voir, dit le Peuple, tête baissée, prêt à foncer.

– T'as très bien entendu, connard.

– Hé, fais gaffe ! dit une voix inquiète dans la foule, qui s'était reculée pour se tenir à distance respectueuse, c'type fait partie de l'Escadron Soixante.

Jack blêmit. Il se précipita devant le Peuple.

– Calme-toi, Len, dit-il.

– Barre-toi d'mon chemin, murmura le jeune à l'air coriace, je vais m'occuper de toi personnellement.

– Faut se méfier de Len, dit la voix tremblante dans la foule. Il a fait cinq ans de taule pour tentative de meurtre. Il a essayé de buter son vieux.

Harry et Jack dirent en chœur :

– On voulait pas...

– On est franchement désolés...

– Il est un peu cinglé...

– Sans déc, sur la tête de ma mère.

Le type de l'Escadron Soixante enfonça un doigt à l'ongle rongé dans la poitrine du Peuple.

– J'te conseille de trouver une armure, tête de nœud, dit-il, et la peur déclencha quelque chose dans les entrailles du peuple.

Jack et Harry reculèrent, blottis l'un contre l'autre.

– On n'y est pour rien, Len..

– Sincèrement...

Le membre de l'Escadron Soixante pivota sur ses talons avec mépris, dans un grincement métallique, et s'éloigna.

Un brouhaha se déclencha autour du Peuple, qui foudroyait la foule du regard comme un taureau dans l'arène.

– Espèce de dingue !

– C’est quoi ton problème ? T’en as marre de la vie ?

– Pourquoi que tu t’en prends pas directement à Crisso, qu’on en finisse tout de suite ?

– T’approche pas de lui, Jack, dit Harry en reculant. Te fais pas voir avec ce mec.

– Ouais, t’as raison.

– C’est comme s’il avait la gale.

Ils se reculèrent, avec un respect mêlé d’effroi. Dans l’ombre de la mort, il avait pris un aspect sacré et intouchable. Ils s’écartèrent. Ils s’éloignèrent en bavardant. C’était dangereux de rester près de lui.

– Hé ! lança le Peuple. Harry ! Jack ! (Maintenant que sa colère refluait, il commençait à sentir la peur.) J’voulais pas... Revenez...

– Fais gaffe que personne te voie en train de parler avec ce connard, chuchota Harry à une dizaine de mètres de là. Garde la tête baissée, Jack.

– Peut-être qu’ils vont simplement me rétrograder, dit Jack.

Ils se dirigèrent vers l’autre extrémité de la salle, et le Peuple se retrouva plus seul qu’il n’aurait jamais pensé qu’on pouvait l’être. Dressé sur la pointe des pieds, il regardait pardessus le déploiement de têtes, pour essayer de les apercevoir.

– D’accord, bande de salauds ! hurla-t-il. Tirez-vous, sales enfoirés !

Un homme au visage sale qui se tenait au milieu de la foule prit le Peuple par le bras et l’entraîna rapidement dans un coin.

– Qui vous êtes, vous ? demanda le Peuple d’un air féroce.

– Je m'appelle Ashurst. Je suis là pour vous aider.

– M'aider ? répéta le Peuple avec lassitude.

– Parlez moins fort, chuchota Ashurst. Ils veulent m'avoir moi aussi.

– Merde alors, fit le Peuple, impressionné et effrayé. Vous avez du cran, mec. Alors, qu'est-ce qu'on va faire ?

Ashurst hésita ; il essayait de choisir ses mots.

– Vous pouvez parler à voix haute, dit le Peuple. J'ai aucune chance. Y m'laisseront jamais ressortir d'ici vivant.

– Il ne faut pas dire ça, répondit Ashurst avec brusquerie. Il y a toujours un espoir.

Le peuple secoua la tête.

– Non, y en aucun. Pas après c'que j'vais faire.

– Qu'allez-vous faire ?

– J'vais aller voir Greg et casser la gueule à c'salopard.

– Vraiment ?

– Si j'vous l'dis. Hé ! vous savez où qu'il est ?

– Oui, répondit Ashurst. Vous voyez cet escalier au fond ? Tout en haut, vous trouverez une porte. Il est dans cette pièce, avec sa bande.

– Merci, mon pote.

– En fait, ajouta Ashurst, si vous faites ça, vous avez peut-être une chance finalement. Ce genre de geste insensé, entrer comme ça à l'improviste et casser la figure à Greg, va provoquer une panique épouvantable. Ecoutez-moi : si vous réussissez à vous échapper, je vous attendrai près de la sortie. Vous voyez, là-bas sur la droite, et j'essaierai de vous tirer de là.

– Vous voulez pas m'filer un coup de main par hasard ?

Ashurst secoua la tête.

– Croyez-le si vous voulez, dit-il, mais je suis policier... du moins, je l'étais.

– Putain, un flic !

– Je n'ai pas le temps de vous raconter toute l'histoire ; d'ailleurs, vous n'y croiriez pas, mais si jamais je réussis à tout faire capoter et à m'en sortir pour raconter ce que je sais, je veillerai à ce que vous soyez récompensé comme il convient.

– On y repensera quand tout sera terminé.

– Oui, dit Ashurst. Faites attention, plusieurs personnes nous regardent. (Il donna un coup de coude amical dans les côtes du Peuple.) Allez, bonne chance.

– Vous aussi... poulet !

– Il mérite une raclée.

– « Elle » vous voulez dire.

Ils échangèrent un grand sourire, et Ashurst pivota rapidement sur ses talons pour que personne ne puisse voir ses yeux.

D'un geste solennel, Greg déroula bruyamment un parchemin. Tim et le Bourdon se levèrent pour prêter le serment du Parti.

– Le salut ! gronda le capitaine Durell dans leur dos.

Leurs mains se levèrent timidement pour exécuter le salut fasciste.

Greg ouvrit la bouche pour parler, mais ce moment de gravité fut soudain interrompu. Depuis quelques instants déjà, le crachotement d'un engin coûteux résonnait dans le ciel au-dessus de leur tête, mais le Bourdon fut le premier à apercevoir le visage implorant à la fenêtre, derrière le Leader. Sa mâchoire inférieure se décrocha avec un petit bruit sec.

– Que se passe-t-il ? demanda Greg d'un ton agacé en levant la tête.

– Jenny ! dit le Bourdon ; et il rompit les rangs pour aller ouvrir la fenêtre.

– Mon chéri ! s'exclama Jenny, essoufflée, balançant une jambe par-dessus le rebord de la fenêtre, pour ensuite pénétrer tant bien que mal à l'intérieur de la pièce. J'ai l'impression de jouer les cambrioleurs. Oh ! mon amour, si seulement tu savais le voyage épouvantable...

Apercevant les silhouettes rigides éparpillées à travers la pièce, elle s'interrompit.

– Comment êtes-vous arrivée jusqu'ici ? demanda Greg d'un ton sévère.

Il avait été brisé dans son élan, et cela ne lui donnait pas envie de rire.

Jenny s'avança vers la table sans se presser, posa son sac à main avec un grand soupir, l'ouvrit, sortit son poudrier et entreprit de se recoiffer.

– Mon cher, dit-elle à Greg, dites à tous ces gens effrayants de ne pas rester plantés là comme des arbres... on dirait une charade mimée, ajouta-t-elle avec humour.

Le Bourdon gloussa sottement et la discipline resta en balance.

– Jenny, dit Greg, venez vous mettre près de moi.

– Une minute, trésor... mon très cher, dit-elle

en faisant la moue avec ses lèvres pour y appliquer du rouge, je ne sais pas si vous êtes déjà monté dans un hélicoptère, mais ces horribles hélices vous font carrément dresser les cheveux sur la tête, quelle plaie !...

Elle referma son sac avec un petit clic et exécuta une pirouette chancelante devant Greg.

– Vous aimez mon uniforme ? demanda-t-elle. Il est moulant là où il faut, hein ?

– Vous êtes ivre, espèce de sale traînée ! s'écria le capitaine Durrell.

Jenny marcha droit vers lui et le regarda au fond des yeux.

– Si jamais vous me parlez encore sur ce ton, dit-elle, faites gaffe, je vous écrase le nez.

– Du calme, du calme, intervint Tim.

Greg frappa du poing sur la table.

– De la discipline ! s'écria-t-il d'une voix perçante. J'exige de la discipline !

– Tu parles, dit Jenny d'un ton rebelle, je parie qu'il monte pas dans un hélicoptère tous les jours... Mon amour, dit-elle en s'adressant au Bourdon, le pilote a été adorable ; je lui ai dit que j'étais morte de peur et que j'allais vomir alors il m'a fait boire une demi-bouteille de scotch, et maintenant, je suis complètement beurrée.

Le Bourdon poussa un soupir. Quand Jenny était ivre, elle n'était pas commode. Collant sa bouche à l'oreille de Greg, elle murmura, à voix haute :

– Chéri, vous croyez que je peux aller au petit coin ?

Le capitaine Durell se précipita, fou de rage. Il la saisit par le bras.

– Je vais la remettre entre les mains de l'Escadron Soixante.

– Lâchez-moi ! hurla Jenny. Espèce d'animal puant !

Greg martelait la table à coups de marteau.

– De la tenue ! De la tenue ! beuglait-il.

– Sinon j'appelle les gardes, dit le capitaine Durrell.

– Allez-y et vous verrez bien ! rétorqua Jenny. Oh ! Je hais cet homme, confia-t-elle à Greg. On ne peut pas le virer ?

Crisso se tordait de rire.

– Quelle bonne femme ! s'exclamait-il joyeusement. Oh ! nom de Dieu !... Quelle... bonne... femme !

« Oh, mon Dieu, quelle formidable panique ! » se dit à voix basse Inkling.

Perché à une quinzaine de mètres au-dessus du sol, sur une étroite saillie, l'oreille collée à la fenêtre ouverte, il fouilla frénétiquement dans sa poche à la recherche d'un stylo à bille de rechange, il dérapa dans le vide, chuta et se fendit le crâne. Voltigeant dans son sillage, ses notes furent prises dans un tourbillon de vent et emportées dans Waterloo Road.

Peu à peu, l'ordre revint et l'investiture de Jenny au poste de Première Dame Officielle put se dérouler tant bien que mal.

Le Peuple monta l'escalier sur la pointe des pieds, en secouant sa chevelure noire, fou de colère. Il essayait de se concentrer sur ce qu'il allait faire en pénétrant dans la pièce, mais il ne pensait qu'à cette moto noire et rouge vif qu'il avait vue dans la vitrine d'un magasin. Autour de son cou se balançait le gri-gri qu'il portait au bout d'une chaîne ; c'était un bouton en argent qu'une fille avait arraché de son manteau pour le lui donner. Il était sorti avec elle, mais elle désapprouvait sa façon de vivre, car elle travaillait dans une banque, et les choses en étaient restées là.

Arrivé en haut de l'escalier, il tourna la poignée de la porte et fit irruption dans la pièce. La prestation de serment fut interrompue de nouveau, en plein milieu cette fois. Le discours de Greg s'arrêta dans un crachotement, et sa main droite qui était levée au-dessus de la tête de la prétendante dans un geste de bénédiction, retomba furtivement le long de son corps. Le Peuple passa en revue les silhouettes réunies dans la pièce, mornes et abasourdies, et l'espace d'un instant sa détermination vacilla, il resta bouche bée. Et donc, Greg et lui demeurèrent ainsi, figés dans leur posture.

Le Peuple fut le premier à se ressaisir. Il s'avança et se pencha vers le visage de Greg par-dessus la table, le couvrant de son haleine chargée.

– Salut, mon pote, dit-il. J'voulais t'voir.

Greg ne savait pas quoi faire. Quelqu'un ricana (le Bourdon ?) et Crisso se déplaça en crabe vers la porte. Le Peuple leva le poing et prit son élan pour frapper.

– Dehors ! hurla Greg, tremblant.

Le Peuple pivota sur ses hanches – des

hanches dont Greg (Que Dieu le garde !) avait un jour fait l'éloge, à juste titre – et le frappa. Dans un cri, Greg disparut derrière la table.

– Très bien, déclara Crisso d'un ton cynique, c'était amusant, maintenant c'est terminé.

Il avait sorti une matraque. Avec une rapidité surprenante pour un homme de sa corpulence, il se jeta sur le Peuple et le frappa derrière l'oreille, une seule fois. Le Peuple se raidit et bascula sur le côté comme un arbre coupé. Le sang jaillit de sa bouche et de son oreille. Crisso ouvrit la porte et siffla. Deux membres de l'Escadron Soixante arrivèrent en courant et se penchèrent au-dessus du Peuple, tandis que Crisso rangeait d'un air indifférent sa matraque sous sa tunique.

– Je vais le ligoter et l'enfermer dans la camionnette, déclara un des deux gardes.

– Inutile, répondit Crisso, ce type est mort. Balancez son corps dans la camionnette, on ira le déposer à Rotherhithe plus tard.

Les deux hommes soulevèrent le corps et l'évacuèrent.

– Si on s'occupait du Leader? suggéra quelqu'un.

Ils adossèrent Greg contre le mur et l'aspergèrent d'eau froide. Celui-ci reprit ses esprits en grognant.

– Sécurité défaillante, dit Mr. N'est-ce-pas. Je suppose qu'il avait une arme, *n'est-ce pas ?*

Jenny se pencha au-dessus du corps étendu de Greg et lui caressa le front. « *Lavinia entra furtivement dans la petite chambre et approcha son doux visage de son masque de marbre*, se récita-t-elle rapidement dans sa tête. " *Oh, mon amour ", chuchota-t-elle en tenant entre ses doigts la Victoria Cross de son misérable uniforme déchiré par la guerre. Le lieutenant Jim Biddle du 4e Régiment de Gorgones, héros de la Somme, leva les yeux vers elle. " Je vous aime " dit-il d'une voix faible. Lavinia frémit, le visage empourpré par les délicates rougeurs de sa passion. " Je vais mourir, reprit-il d'un ton détaché, mais je vous laisserai mes médailles et de courts poèmes. " Lavinia tomba à genoux et leva un regard implorant vers les cieux, à travers le plafond. " Oh, je vous en prie, mon Dieu, je vous en prie ", cria sa douce voix ; " je vous en prie, faites qu'il ne meure pas !... "* »

– Il va s'en remettre, vous savez, dit Anklesmith, en adressant à Jenny un regard plein d'admiration.

Jenny déposa un baiser sur le front de Greg et se releva.

– Il est tellement adorable, pas vrai ? dit-elle. Bon, et maintenant ?

La réunion se dispersa. Greg fut couché sur la table, sous une couverture et quelques manteaux.

Comme le Peuple ne réapparaissait pas, Ashurst quitta discrètement le bâtiment par la fenêtre des toilettes. Caché derrière une moto sur le parking, Woof se gratta la tête et décida finalement de ne pas le suivre. Ashurst héla un taxi et s'engouffra à l'intérieur. Il chuchota quelques mots à l'oreille du chauffeur et le taxi démarra sur les chapeaux de roue.

En silence, leurs boutons scintillant, les officiers traversèrent la salle à grands pas lents et montèrent sur l'estrade, accompagnés par les raclements de pieds, et les ordres brefs vociférés par les sous-chefs. Jenny arrangea sa coiffure et regarda autour d'elle d'un air sévère, comme elle l'avait vu faire un jour à la tante d'un riche petit ami lors du lancement d'une fête de charité à la campagne.

Le capitaine Durrell grimpa en chaire et ferma les yeux. Dans un silence de mort, il les rouvrit et déclara :

– Le thème de ce soir sera : « Le Grand Complot des Non-Aryens. »

Des acclamations frénétiques montèrent de la salle.

# IX

A Scotland Yard, pendant ce temps, « Lucas » se querellait calmement avec le supérieur d'Ashurst.

– Sincèrement, j'estime qu'on aurait dû rattraper Ashurst à cette heure, dit « Lucas ».

– Je crains que nous ayons fait tout ce que nous pouvions.

– Il faut persévérer.

– Nous autres simples employés nous devons suivre la procédure, voyez-vous...

– Il me semble que des méthodes clandestines...

– C'est hors de question. Impossible de jouer au malin au sein du département. Quoi qu'il en soit, si j'étais vous, je ne m'inquièterais pas trop. N'oubliez pas, nous l'avons choisi parce qu'il était stupide.

– Exact. Néanmoins, je continue à penser qu'il serait préférable de mettre le grappin dessus.

– Peut-être. La décision dépend du chef maintenant. Des gens plus intelligents que nous, John... plus intelligents.

– Personnellement, je pense que j'aurais mené cette affaire différemment.

– Comme nous tous, sans aucun doute, John. Comme nous tous.

– Evidemment, si vous pouviez coopérer... votre avancement...

– Mon cher ami, je prends ma retraite à la fin du mois. « Les honneurs et la gloire », vous connaissez le vieux proverbe.

– Oui, répondit « Lucas ».

– Bon, si vous n'avez rien d'autre à ajouter, je m'en retourne à Wimbledon. Je ne veux pas louper mon train. Dites à l'agent de tout fermer et de vérifier que toutes les lumières sont éteintes quand vous partez. On nous a demandé de faire de grosses économies ce mois-ci.

Le discours du capitaine Durrell déclenchait un enthousiasme démesuré dans la salle. Le visage crispé et cramoisi, penché en avant comme celui d'un taureau dans l'arène, il réaffirmait d'inquiétantes promesses de violence avec une allégresse abominable ; il ne cessait de frapper du poing sur l'étagère de la chaire, jusqu'à ce qu'il finisse par la briser. La foule se déchaîna, comme si la destruction de la chaire était un signal. Malgré tout, Durrell n'eut aucun mal à couvrir le tumulte ; Tim eut le sentiment que la chute ridicule du Leader frappé par le Peuple avait également brisé une planche de retenue en Durrell ; et que, ayant pris l'habitude de diriger le Parti pendant que Greg était en prison, celui-ci pouvait revenir et Durrell s'apercevoir qu'il était capable de prendre le dessus sur lui, balayant sa politique modérée et timorée comme un homme ivre renverserait une tasse de thé. Avant même la fin du premier tiers du discours, le public commençait déjà à avancer irrésistiblement vers l'estrade en psalmodiant « Durrell sur le trône ! » et d'autres slogans parfaitement inopportuns. En vain, les sous-chefs se donnèrent le bras au pied de l'estrade pour le repousser. La foule chargea, lentement tout d'abord, en comptant (« A la une, à la deux, à la trois... DURRELL ») ; elle prit de l'élan, elle chargea de nouveau, le cordon de protection céda, des individus escaladèrent l'estrade, quelqu'un embrassa Jenny, quelqu'un d'autre lui vola son sac à main ; seul en chaire, Durrell continuait à psalmodier, ses paroles marquaient le rythme au-dessus des têtes folles ; le son de ses paroles, à lui seul, les stimulait, car elles étaient depuis longtemps inaudibles ; Tim lui-même se surprit la bouche grande ouverte dans un hurlement d'adulation aux mots de « Ecrasons... mes officiers... Moi, je ne pardonne *jamais*, je ne pardonne ni ne me rends... les juifs, les... O mon cher pays, je t'offre les services de mon arme Angleterre Forte Angleterre Libre !... » Des charges encore plus violentes visèrent l'estrade, qui vacilla et craqua sous la pression ; le capitaine Durrell martela une fois de plus la chaire, et la foule avide vit son sang couler sur le devant. Tout le monde hurlait. Même les filles dans le pub d'en face étaient arrivées en courant, comme elles cognaient avec insistance contre les portes, celles-ci furent ouvertes, et les filles s'engouffrèrent dans la salle pour ajouter leurs commentaires profanes. Parmi les milliers d'individus présents, Mr. N'est-ce-pas semblait le seul à rester stoïque. Derrière ses yeux plissés qui ne laissaient échapper aucun détail, il construisait déjà les premières phrases judicieuses d'un rapport destiné à son gouvernement.

Le discours fut enfin terminé. Epuisé, tremblant, le visage ruisselant de sueur, le capitaine Durrell embrassa la salle d'un large geste et hurla pour réclamer le silence ; la foule, avec un gémissement collectif, s'immobilisa un instant, éblouie, avant de se relâcher comme après un orgasme. « Aucun doute, songea Tim, la politique venait d'être fécondée par une semence mortelle ».

Jenny ne paraissait pas convaincue. Se penchant vers le Bourdon, elle lui murmura :

– De la poudre aux yeux détestable dans la bouche d'un homme... *détestable.*

Lorsque cela fut enfin possible, Jenny, Tim et le Bourdon descendirent tous les trois en chancelant de l'estrade effondrée. Anklesmith descendit tant bien que mal à son tour, le cou rouge et les lèvres humides. Blanc comme un linge, Wexel frissonnait de tous ses membres, ce qu'il venait d'entendre dépassait ce qu'il avait imaginé. Le capitaine Durrell fut arraché de la chaire à bras-le-corps et porté en triomphe, descendant sur une échelle humaine vers une paire d'épaules ; tandis que les autres officiers avançaient en trébuchant dans son sillage, il éperonnait son porteur comme un cheval au milieu de la salle en ébullition, jusqu'à l'entrée. Arrivé à la porte, il mit pied à terre, et le chahut reprit. Ceux qui avaient été expulsés les premiers avaient regagné leurs machines ; on entendait le vrombissement assourdissant de cent ou deux cents moteurs qui démarraient. Apercevant le capitaine Durrell, ceux-là roulèrent vers lui en première. Ils descendirent de selle et se précipitèrent vers lui, jetant dans les airs leurs casques frappés de l'emblème du Parti ; on aurait dit un reportage projeté en accéléré sur la première d'un film dans lequel Dieu tenait le rôle principal ; ils arrachèrent les boutons de son uniforme en guise de souvenir ou pour les offrir à leur petite amie ; ils lui enlevèrent sa casquette, ils lui tordirent les mains, les oreilles, le menton, un jeune garçon émotif se jeta à plat ventre aux pieds de Durrell et fut sévèrement piétiné. Le capitaine Durrell se dressait maintenant au-dessus de tout cela, blême, le regard vide ; la reine des abeilles s'était enfin enfuie de la boîte d'allumettes de la salle de classe, et elle dirigeait son essaim.

Spontanément, la base organisa un cortège de motocyclettes. Alors que le capitaine Durrell émergeait enfin dans l'obscurité et se dirigeait vers sa voiture miteuse, tous les phares s'allumèrent et, au milieu des gaz d'échappement et du vacarme des moteurs, il reçut un concert de hourras, auquel il répondit en se retournant à demi à la manière d'un militaire, et en levant lentement le bras pour faire le salut fasciste, avant de monter en voiture et de prendre la direction de Swiss Cottage.

La salle d'hôpital était faiblement éclairée par une veilleuse, dans le faisceau de laquelle était assise l'infirmière de nuit, occupée à lire.

– A boire ! gémit Inkling.

L'infirmière fit claquer sa langue d'un air désapprobateur.

– Allons, allons, murmura-t-elle en s'approchant du lit.

– Allô ? Allô ? dit Inkling. Passez-moi le rédacteur. Saloperie de téléphone. Opératrice, opératrice ! J'ai été coupé. Non, je ne veux pas un appel longue distance pour Jérusalem. Prenez note :

– Chuuut ! fit l'infirmière de nuit, vous êtes très malade, Mr. Inkling.

« Quelle tristesse », songea-t-elle avec respect, car elle lisait chaque jour sa chronique dans le *Scream.*

– La Duquesa de Riofrio et ses amis bien connus...

– Essayez de dormir, Mr. Inkling. Il faut bien vous reposer avant l'opération.

Sans savoir qui elle était, il jeta un regard noir vers l'origine de cette interruption agaçante.

– ... Le Bourdon et Tim Spurmaway qui, comme l'affirme la rumeur en plaisantant, gaspillent de manière frauduleuse les fonds du Parti... Zut, j'ai encore été coupé.

L'infirmière poussa un soupir et mélangea quelque chose dans un verre. Elle le porta aux lèvres d'Inkling, mais la lèvre supérieure était rouge, la lèvre inférieure était bleue. Elles semblaient avoir été peintes sur un clown, sans qu'on puisse les ouvrir. Retournant à sa table, elle remplit une seringue, puis elle frotta le bras nu d'Inkling avec de l'alcool. Celui-ci s'agita nerveusement.

– Oh, ma tête, ma tête ! grogna-t-il.

Il voulut se redresser et vomit sur ses bandages. Paniquée, l'infirmière tâta son pouls et appuya sur une sonnette. Un médecin apparut presque aussitôt.

– Il est en train de partir, dit l'infirmière.

Le médecin observa Inkling et adressa un signe de tête à l'infirmière qui alla chercher des paravents pour les installer autour du lit.

Inkling se redressa.

– Je veux que mes supérieurs sachent que je n'ai jamais travaillé pour le *Glare*, jamais, déclara-t-il d'une voix distincte.

Vers le matin, il mourut.

En rentrant chez lui, le capitaine Durrell trouva Monica en train de faire ses valises.

– Qu'est-ce que tu fous, bon sang ? fulmina-t-il. Tu fais ta valise ?

Il resta planté au milieu des détritus de la chambre en désordre, des bouts de mouchoirs en papier virevoltant à ses pieds.

Mrs. Durrell leva les yeux de la valise sur laquelle elle était agenouillée.

– Je te quitte, Jim, dit-elle.

Elle ne s'attendait pas à le voir rentrer si tôt. A moins qu'elle n'ait perdu toute notion du temps. Elle avait l'intention d'être partie depuis plusieurs heures déjà, mais après avoir vécu si longtemps quelque part, et parce qu'elle était d'un tempérament ordonné, une fois qu'elle eut commencé à faire ses valises, il lui sembla qu'il y avait mille choses à faire avant de pouvoir enfin prendre du recul et contempler son œuvre – trois valises pleines à craquer – avec un sentiment ambigu, mélange de désespoir et de fierté. Elle avait songé à concocter une histoire à son intention, au cas où il arriverait avant qu'elle ait terminé, mais elle fut troublée de le voir débarquer tout à coup, si bien que, malencontreusement, elle commença par la fin.

– Je... je ne peux pas le supporter plus longtemps, Jim, voilà la raison, dit-elle avec fermeté, mais en rougissant, car il y avait une autre raison et c'était une femme qui aimait dire la vérité. Mais il y avait certaines choses dont on ne pouvait pas parler.

En entendant cette déclaration, le capitaine Durrell recula d'un pas, il devint tout rouge, avant de prendre cette teinte grise si peu seyante, signe que ça allait chauffer. Monica fut surprise. Elle s'attendait à l'entendre pousser un cri de joie à l'idée d'être enfin débarrassé d'elle. Mais c'était compter sans le sentiment du capitaine Durrell qui la considérait comme un bien personnel, et elle avait mal calculé l'ampleur de son indignation, qui n'aurait pas été plus forte si, par exemple, une chaise s'était levée calmement, de son propre chef, et avait quitté la pièce d'un air digne.

Et, bien évidemment, elle ne pouvait deviner son triomphe lors du meeting.

– Toi ? Toi, tu me quittes ? s'écria-t-il.

– Oh, ne hurle pas ! dit-elle nerveusement. Les voisins vont nous entendre et je ne le veux pas.

– Pourquoi ? demanda le capitaine Durrell, furieux.

Mais elle n'était pas disposée à le lui dire. On avait sa pudeur.

– C'est une honte ! hurla-t-il. Une honte !

Il s'avança et la frappa avec une violence incroyable, lui entaillant le visage avec sa bague, comme il en avait l'intention. Il vit avec plaisir le sang couler de la blessure qu'il lui avait faite à la tempe, et il continua à la frapper jusqu'à ce qu'elle tombe à genoux.

Mrs. Durrell mordit ses lèvres ensanglantées pour ne pas hurler. Elle craignait ses coups plus que jamais, car elle ne pouvait supporter l'idée d'une scène vulgaire en public. Car – était-ce il y a seulement deux semaines ? – un mercredi matin, Mr. Ngwama était passé chercher le loyer, descendant lentement de son appartement au quatrième étage, et, prise d'une première impulsion, elle l'avait convié à entrer boire une tasse de thé, puis, sur une seconde impulsion, une deuxième tasse, et à partir de ce moment-là, tout n'avait été qu'impulsions, car il s'était montré si gentil, et contre toute attente, elle craqua et confia à Mr. Ngwama, avec fureur, la misère de son existence. Mr. Ngwama lui tapota la tête, et le genou, en disant « Là, là... » et il fut si compatissant que dans l'atmosphère naquit un formidable courant électrique qui empêchait de se souvenir qu'il existait des gens tels que le capitaine Durrell dans son école ou une Mrs. Ngwama là-bas à Lagos, et avant que l'un ou l'autre comprennent ce qui se passait, Mr. Ngwama l'avait prise dans ses bras pour la porter à travers l'appartement jusqu'à la couche raide et étroite des Durrell qui sembla trembler à leur approche ; Mr. Ngwama la déposa sur le lit, et tandis qu'elle l'observait, à travers les larmes et les sourires, il se déshabilla entièrement, dévoilant des bretelles et des fixe-chaussettes dorées, puis des pieds gigantesques. Après quoi, il ôta tous les vêtements de Mrs. Durrell, jusqu'au moindre bout de tissu élimé, et il se laissa choir avec elle sur le lit dans le matin sombre, et il lui fit l'amour pendant deux heures sans discontinuer. Finalement, épuisés de plaisir, ils s'arrêtèrent ; Mr. Ngwama récupéra ses fixe-chaussettes dorés, se rhabilla, prit le loyer sur la table de la cuisine et repartit discrètement de son air majestueux. La journée se poursuivit pour Mrs. Durrell dans le même état d'esprit de débauche, elle alla voir un film d'amour au Rialto et s'acheta une nouvelle robe. Le soir, en rapportant le lait, elle découvrit dans une des bouteilles vides un message de Mr. Ngwama qui la fit rougir. Dès lors, chaque jour elle recevait un message, et le fait de recevoir ces messages la faisait fredonner comme cela ne lui était pas arrivé depuis l'enfance, avant que son père soit écrasé par un tramway. Et puis, la semaine dernière, elle avait eu la quasi-certitude d'être enceinte, elle découvrit que cela l'avait profondément changée, et qu'elle allait quitter le capitaine Durrell. Elle avait lâché une allusion à ce sujet dans une bouteille de lait vide, et celle-ci avait reçu un accueil favorable.

– Sale chienne, cracha le capitaine Durrell en lui allongeant un coup de pied, déballe tes affaires.

– C'est inutile, Jim, sanglota-t-elle avec fermeté, tu ne peux pas me forcer à changer d'avis !

Ils étaient essoufflés l'un et l'autre ; après son discours durant le meeting et la raclée qu'il venait de lui mettre, le capitaine Durrell était vidé. Malgré tout, il avait quand même pris son élan pour lui balancer un nouveau coup de pied, quand il fut distrait par une intervention bienvenue ; des coups violents faisaient trembler la porte de l'appartement ; le verrou peu solide céda avec un craquement, et Mr. Ngwama fit irruption dans la pièce.

D'un coup de poing pareil à un marteau-piqueur, Mr. Ngwama envoya au tapis le mari en sueur.

– Debout, mon vieux ! ordonna Mr. Ngwama d'un ton calme. Debout.

Le capitaine Durrell se releva et tenta de frapper Mr. Ngwama, mais c'était un coup sans aucune force, et Mr. Ngwama n'eut aucun mal à l'esquiver. Il frappa de nouveau le capitaine Durrell, le retenant par le revers de sa veste avant qu'il tombe, et le plaquant contre le mur. Mrs. Durrell tourna la tête vers la porte et découvrit tous les habitants de l'immeuble agglutinés sur le seuil, l'air approbateur. Elle était à la fois gênée et ravie. « Au moins, songea-t-elle, je ne serai pas obligée de le nettoyer cette fois, mais sans doute le ferait-elle malgré tout, se dit-elle, en guise d'adieu ».

Comme on le ferait avec une guêpe endormie, Mr. Ngwama attendit que le capitaine Durrell ait glissé dans la bonne position, et il le frappa une dernière fois, un coup de poing terrible qui lui fit perdre connaissance et le projeta contre la vitre, qui se brisa ; alors, Mr. Ngwama se tourna vers les voisins de couleur appuyés contre la porte d'entrée, et il déclara, le souffle coupé :

– Je lui ferai payer la fenêtre, ça oui, tu peux en être sûr, mon vieux...

Tous les voisins, et Mr. Ngwama, se moquèrent du capitaine Durrell, le corps à moitié penché à l'extérieur, par la fenêtre brisée, et quand ils eurent suffisamment ri, ils l'aspergèrent avec un seau d'eau, d'un air méprisant, et repartirent, en emmenant Monica.

Lorsque Ashurst arriva enfin devant les locaux du *Scream*, il était une heure du matin, mais tout le monde semblait encore debout. Tout d'abord, personne ne s'intéressa guère à lui. Il avait l'air miteux, il était mal rasé et essoufflé.

– Désolé, lui répondit le jeune assistant tiré à quatre épingles au service des dépêches, le rédacteur est rentré chez lui.

Il se targuait d'être fin psychologue. Ses articles étaient enflammés. On lui avait dit un jour qu'il avait du talent, et il le croyait. Il connaissait son affaire. A vrai dire, il venait de s'entretenir avec le rédacteur il y a quelques minutes, par le téléphone intérieur.

– Il faut absolument qu'il me reçoive.

L'assistant s'apprêtait à répondre « Désolé, mon gars », mais il se ravisa. Evidemment, il était possible que... (« Vous ne pouvez pas me dire de quoi il s'agit ? »)... ce soit un bon sujet d'article pour lui.

– Non, répondit sèchement Ashurst.

Le jeune assistant pimpant replongea le nez dans ses affaires.

– Dans ce cas, je regrette, il faudra attendre demain matin, déclara-t-il d'un ton sans appel.

– Il s'agit d'une affaire d'importance nationale... déclara Ashurst, puis il se tut.

Il en venait à se demander s'il était le dernier homme sain d'esprit sur cette terre, ou bien si, au contraire, tout le monde était sain d'esprit sauf lui, en définitive.

L'assistant se retourna fièrement pour lancer un regard noir à cet homme à l'aspect miteux.

– Eh bien ? Qu'est-ce que vous attendez ? J'ai du travail. Vous avez entendu ? Débarrassez le plancher, ou sinon j'appelle le coursier.

Les mots jaillirent de la bouche d'Ashurst avant qu'il n'ait le temps de les retenir.

– Cela concerne Angleterre Forte Angleterre Libre !

– Jamais entendu parler, murmura l'assistant, en décrochant le téléphone qui sonnait pour une tout autre raison.

Au même moment, un individu descendit gaiement l'escalier, au petit trot, et s'arrêta devant le bureau de l'assistant. Celui-ci sursauta d'un air coupable.

– Pas de pétard ? demanda le rédacteur.

Il adorait ces expressions du vieux-monde.

– Epatant, *sir*, répondit l'assistant d'un ton badin. On a une crise sur la Terre de Graham à cause du vol du Cacadactyl Megatator. L'histoire d'Elmer End's est définitivement morte et enterrée, j'ai retiré les gars de l'affaire.

– Dans ce cas, ne payez pas au témoin les deux cents livres promises, déclara le rédacteur.

– A vos ordres, *sir*... Oh ! on estime qu'Inkling ne passera pas la nuit.

– Inkling ? Inkling ? Ah oui, le type des potins. Il est tombé et s'est fracassé le crâne sur cette histoire de l'AFAL, c'est ça ?

– Cette histoire de quoi, *sir ?*

Avec une stupéfaction menaçante, le rédacteur se retourna lentement vers lui.

– Non, ne me dites pas que vous n'avez pas connaissance des faits sur lesquels ce journal travail d'arrache-pied, grogna-t-il entre ses dents.

Son regard se posa sur Ashurst et l'assistant tressaillit.

– Qui est cet homme ?

– Il prétend être de la police, répondit l'assistant, en jouant la montre.

– Tiens, tiens, tiens, dit le rédacteur en pivotant vers un Ashurst ébouriffé. Comme ça vous êtes dans la police ? Et quel effet ça fait, l'ami ?

Tout se passait bien au *Scream* ce soir, et le rédacteur était d'humeur joyeuse.

– Il est un peu cinglé, *sir*, dit l'assistant.

– Je viens au sujet d'Angleterre Forte Angleterre Libre, dit Ashurst. C'est moi qui enquêtais sur cette affaire.

Le rédacteur sauta en l'air, tournoya sur lui-même et retomba à quelques centimètres du visage de l'assistant. Dans ce jeu de vie et de mort, l'assistant joua désespérément toutes ses cartes, mais il n'avait que des petits trèfles.

– Je viens de prendre mon poste, *sir*, dit-il habilement. Je n'avais pas très bien compris la première fois.

– Vous êtes à ce bureau depuis onze heures moins le quart, espèce de crétin, répliqua le rédacteur d'un ton hargneux. Comment vous vous appelez ?

– Watkyns, *sir*. W... Watkyn Watkyns, *sir*, répondit l'assistant dont la voix s'emplissait peu à peu de trémolos.

– Vous êtes viré, déclara le rédacteur.

Prenant Ashurst par le coude, il l'entraîna vers l'ascenseur.

– Venez, Mr... comment vous appelez-vous déjà ?... Ashurst.

Ils étaient déjà à mi-chemin de l'ascenseur.

– Montons dans mon bureau. On pourra bavarder tranquillement. Un journal sous presse fait un véritable vacarme, n'est-ce pas ? Nous pataugeons tous un peu en ce moment dans cette affaire d'Angleterre Forte Angleterre Libre, quelques informations seraient les bienvenues. Quelle est donc cette histoire de révolution, hein ? J'ai des centaines de questions à vous poser. Qu'est-ce que vous étiez, m'avez-vous dit, au fait ?

– J'étais policier, répondit Ashurst en insistant bien sur le temps du verbe.

L'ascenseur s'éleva rapidement. Ashurst n'était pas encore disposé à tout déballer au rédacteur, au cas où lui aussi connaîtrait un sympathique petit asile d'aliénés quelque part.

– Que savez-vous au juste sur l'AFAL ? demanda le rédacteur en s'arrêtant à la porte de son bureau.

– Tout, dit Ashurst.

– On veut tout savoir. Etes-vous disposé à cracher le morceau ?

– Oui, décida Ashurst.

Il avait l'impression de se marier.

– Combien exigez-vous en échange ?

– Nous verrons ça plus tard.

Le rédacteur pénétra d'un pas énergique dans son bureau, fit asseoir Ashurst et referma soigneusement la porte. Il s'installa derrière son bureau et contempla son butin.

– Vous... Vous devrez d'abord prouver votre identité, déclara-t-il finalement. Je ne peux pas prendre le risque de...

Rien au monde n'aurait pu le convaincre

d'ajouter « ... passer pour un imbécile au *Scream.* »

Ashurst sortit sa carte de police.

– La seule chose qui m'intéresse, dit-il, c'est d'écraser l'AFAL.

– Ah ! fit le rédacteur avec un grand sourire, un idéaliste, hein ?

Croisant le regard d'Ashurst, il s'empressa d'effacer son sourire.

– L'écraser, dites-vous... Hum, fit-il, songeur, en caressant sa lèvre inférieure.

Il commençait à prendre conscience de toutes les conséquences que cela entraînerait.

– Je doute qu'on puisse y parvenir, mon vieux. (Il écarta les bras en signe d'impuissance.) Nous ne sommes qu'un journal, vous savez, dit-il.

Ashurst ne releva pas.

– Vous ne pouvez pas espérer avoir un scoop comme celui-ci sans prendre des risques.

Le rédacteur écoutait une voix qui lui disait qu'il tenait peut-être le scoop du siècle, et s'il savait en profiter, cela pouvait le propulser jusqu'au fauteuil de rédacteur en chef du *Scream.* Il fit passer Ashurst de la chaise en bois au fauteuil dans lequel les gens étaient habituellement torturés avec politesse. Après quoi, il décrocha tous ses téléphones et mit tout le journal en état d'alerte.

– Service des ventes ? Quels étaient les chiffres à minuit ?

– Vingt-quatre pour cent d'augmentation, *sir.*

– Angleterre Forte Angleterre Libre ?

– Les études montrent que cela ne fait aucun doute, *sir.*

– Parfait.

Il raccrocha le dernier téléphone, hocha la tête. Il ouvrit un tiroir d'où il sortit la bouteille de Haig Seven Star. Il en remplit deux verres et leva le sien d'un geste théâtral.

– A la mort de l'AFAL, dit-il.

Ashurst but.

– Bien, dit le rédacteur, racontez-moi.

Ashurst raconta.

# X

Le Bourdon et Jenny venaient de faire l'amour encore une fois. Lorsqu'ils s'interrompirent, la journée était déjà bien avancée

– C'était du tonnerre, mon chéri, chuchota Jenny en se blottissant contre lui.

Le Bourdon se redressa dans le lit.

– N'est-ce pas ? Tu voudrais bien être un amour et descendre chercher les journaux vite fait ?

– Oh, pas de galipettes avant ?

– Non, mon cœur, si ça ne te fait rien.

Jenny poussa un long soupir et quitta la chambre d'un pas mal assuré. Elle traversa lentement le couloir dont les tapis avaient finalement été emportés par les huissiers, entrouvrit la porte de dehors et récupéra le *Scream* et le *Glare*. Il n'y avait pas un seul journaliste en vue. Elle promena un regard indifférent sur les gros titres. La Russie envahissait la terre de Graham avec cent mille hommes. Le Cacadactyl Megatator n'avait toujours pas été retrouvé. Personne ne semblait s'en inquiéter outre mesure. Voilà pour les nouvelles du monde aujourd'hui, semble-t-il. Mais soudain,

Jenny se souvint qu'elle était la Première dame officielle. Elle fit irruption dans la chambre ; le Bourdon s'était presque rendormi, la tête à l'envers dans les oreillers. Elle versa un peu de thé sur lui et il se redressa d'un bond.

– Hé, qu'est-ce qui te prend ?

– Je suis la Première dame officielle ! Je suis la Première dame officielle ! chanta Jenny.

Elle s'assit sur le lit et le prit dans ses bras, renversant le plateau avec le thé.

– Oh, bon sang ! s'exclama le Bourdon en la repoussant. Je suis trempé !

Tu veux que j'aille chercher...

– *Non !* hurla-t-il. Ne bouge plus, pour l'amour du ciel !

Ils restèrent ainsi pendant un long moment, et un silence lugubre s'abattit sur la pièce.

– Je ne peux pas m'en empêcher, dit enfin le Bourdon, comme pour se justifier.

– T'empêcher de quoi, mon ange ?

– D'être un peu jaloux, si tu veux savoir.

– Oh, *mon amour*, s'esclaffa Jenny. Tu ne parles pas sérieusement. Il s'est passé tant de choses formidables depuis ton retour !

Elle roula sur le côté et ouvrit son roman. « Où en étais-je ? se demanda-t-elle. Ah oui, ici. « *Le major Uhlan salua avec raideur et tendit son revolver de service. " Une centaine d'hommes, déclara-t-il dans un anglais parfait, ont tenté de me capturer, mais en vain. " Jim accepta le compliment avec son sourire joyeux mais humble, et il chassa d'une pichenette une petite tache de boue sur ses bandes molletières.* »

– Jenny, dit le Bourdon, j'ai l'impression que tu ne m'aimes plus.

– Oh, comment peux-tu dire une chose aussi méchante ! protesta Jenny en lançant son livre par terre.

Le Bourdon posa sa main sur son genou pour la calmer.

– Non, arrête ! ordonna-t-elle en repoussant sa main.

Elle rejeta la tête en arrière.

– Je serai à toi jusqu'à ce qu'il gèle en enfer, ajouta-t-elle d'une voix douce, avec des yeux embués.

– Ça risque de ne pas tarder, dit le Bourdon qui avait épluché le *Scream*. Tiens, écoute un peu ça : « De notre envoyé spécial. Waterloo Road fut hier soir le théâtre de scènes de folie après le grand rassemblement du nouveau parti fasciste de notre pays, Angleterre Forte Angleterre Libre. (« C'est Woof, dit Jenny. Je reconnaîtrais son style entre mille ».) Dans la lumière éclatante d'une centaine de projecteurs, les motards du parti ont offert une folle ovation au capitaine James Durrell, le Commissaire-Adjoint. Lire la suite en page six, colonne cinq. Ce qu'ils firent. « Angleterre Forte Angleterre Libre, reprit le Bourdon, est-elle liée à l'étrange disparition d'un garçon de dix-neuf ans, Terry Breen ? » Sous ce gros titre figurait une photo marbrée du Peuple. Ils continuèrent à lire jusqu'à la fin, sans trouver d'autres informations concrètes. D'un geste las, le Bourdon laissa tomber le journal sur le sol.

– Qui a bien pu refiler le renseignement à Woof ? demanda-t-il d'une voix faible.

– Hé, tu es tout pâle, mon chéri ! dit Jenny, inquiète. Je suis sûre que c'est encore ta tête. Je cours te chercher deux Anadin dans la salle de bains.

– Ce n'est pas ma tête qui se sent mal, répondit le Bourdon. C'est tout mon corps. Bon sang, se retrouver en taule pour une petite escroquerie, c'est une chose, mais un meurtre, c'est pas pareil.

– Un meurtre ? s'exclama Jenny. Allons, mon chéri, tu veux dire qu'ils ont vraiment *tué* ce pauvre fou qui est entré par erreur et qui a frappé Greg ?

– Oui, j'ai peur que Crisso l'ait supprimé.

– Dans ce cas, c'est son problème.

– Non, je crains que nous soyons tous complices.

– Oh, mon chéri, quel mot épouvantable !

– Oui, comme tu dis.

– A ta place, je n'y penserais plus, mon canard, dit Jenny. Si tu veux, j'appellerai Greg pour lui demander de tout arranger.

– Ton nouveau petit ami, hein ? dit le Bourdon d'un ton jaloux.

– Oh, ne dis pas de bêtises, mon chéri.

– Bien... Je crois que je vais quand même passer un coup de fil à Tim pour voir ce qu'il propose. De toute évidence, déclara le Bourdon avec gravité, quelqu'un a mouchardé.

C'était exactement ce que se disait Mr. N'est-ce-pas en lisant le *Daily Scream*. « En Algérie, bien évidemment, songeait-il en décrochant le téléphone... mais en Angleterre... Pendant une quinzaine de jours encore, il faudrait se montrer discret. En Algérie, “ on ” aurait liquidé tous les suspects et tous les officiers qui leur étaient liés de près ou de loin, et “ on ” aurait posé les questions ensuite. “ On ” n’aurait peut-être même pas posé de questions du tout. » Il composa un numéro secret ; Crisso décrocha.

– Il faut liquider Ashurst aujourd’hui, et les deux nouveaux officiers.

– Pas moyen de trouver Ashurst.

– Je vous rappellerai à ce sujet, *n’est-ce pas ?* dit Mr. N’est-ce-pas.

Il raccrocha et appela aussitôt le *Scream.*

– Allô, le *Scream ?* Passez-moi Woof.

Quand Woof prit la communication, Mr. N’est-ce-pas dit :

– Mieux vaut ne pas mettre des bottes en caoutchouc quand la vieille dame est en train de mourir.

– L’amour est à la haine ce que le bien est au mal.

– Rapport. Affaire numéro Trois.

– Il est ici.

– Je m’en doutais, dit Mr. N’est-ce-pas. Pouvez-vous l’expédier à la clinique à quatre heures ? D’ici là, je lui aurai trouvé une chambre individuelle dans cet hôpital, là-bas à Hertford.

– Le patient est enfermé dans le bureau du médecin, répondit Woof. Nuit et jour. Il y mange et il y dort. Il ne reste jamais seul une minute.

– Quels sont ses véritables symptômes ?

– L’appétit est celui qui nous inquiète le plus. Il n’arrête pas de se mettre à table toute la journée. Mais j’essaierai quand même de vous l’envoyer pour quatre heures. A la clinique.

– Faites de votre mieux, Woof, déclara Mr. N’est-ce-pas d’un ton solennel. Le Leader est enchanté de votre travail au violon durant les répétitions.

Il rappela ensuite Crisso au numéro secret.

– Le rendez-vous est fixé au quartier général du Parti à quatre heures. Amenez au moins six secrétaires avec des machines à écrire. Et cette fois-ci, tâchez de faire du bon travail.

– Comment l'avez-vous retrouvé ? demanda Crisso.

– Woof.

– Woof est un mouchard.

– Je sais. Mais j'ai vérifié. Ne vous inquiétez pas, je serai là pour superviser l'opération en personne, *n'est-ce pas ?*

Il raccrocha et se renfonça dans son siège pour réfléchir aux différentes solutions. « Oui, se dit Mr. N'est-ce-pas, le moment était venu de supprimer tous les informateurs. Le sort du Parti était déjà précaire. L'AFAL devait prendre le pouvoir. Les lieux d'asile commençaient à se faire rare. Que le Parti se couvre de gloire ou non, songea-t-il, en tout cas, il se couvrirait de sang. »

Une sonnerie retentit. Le rédacteur du *Scream* décrocha.

– Woof veut vous voir, *sir*.

– Parfait, parfait ; dites-lui de patienter une minute.

Il se rassit au fond de son fauteuil directorial et observa Ashurst avec la plus vive satisfaction. L'histoire que lui avait racontée celui-ci était la plus extraordinaire que le rédacteur, dans une carrière pourtant jalonnée d'histoires semblables, ait entendue. Mais, d'une manière ou d'une autre, tout avait été vérifié, et quatre sténographes avaient travaillé jusqu'à sept heures du matin pour retranscrire chaque mot enregistré sur magnétophone. Pendant ce temps, douze voitures ayant chacune à leur bord une radio, un photographe et un journaliste, parcouraient Londres et sa périphérie à la recherche du cadavre du Peuple. Tous les moyens d'un grand quotidien moderne avaient été mis en œuvre.

Ashurst était fatigué, mais heureux. Le plus difficile avait été de convaincre le rédacteur d'accepter la vérité, mais ensuite, sa description des mécanismes de l'AFAL avait suffi à faire blêmir cet homme endurci. Les journalistes travaillaient déjà d'arrache-pied sur le matériau transcrit à leur attention par les sténographes : l'un d'eux se concentrait uniquement sur le passé et la vie intime d'Ashurst. A l'état embryonnaire, il était déjà : « Le Héros : ce *bobby* qui a sauvé la Nation » (Première semaine) et « Ashurst : Le roi des taupes » (Deuxième semaine). Le *Scream* avait acheté tous les droits à Ashurst en échange de trois mille livres en liquide, et revendu le matin même les droits cinématographiques à Golgotha Films Inc, le gigantesque trust américain, bien que le rédacteur ait dû expliquer au téléphone qu'il ne pouvait pas encore leur dire exactement ce qu'ils venaient d'acheter. Mais cela ne fit qu'accroître l'excitation de Golgotha, et apparemment, le marché allait se conclure pour une somme qui fit rouler des yeux comme des billes à Lord Monsoon lui-même, le propriétaire du journal.

– Ce coup d'Etat... demanda le rédacteur, car il continuait à avoir des doutes, et il regarda Ashurst d'un œil pénétrant. Vous êtes sûr qu'il doit avoir lieu à la veille des élections ?

– Oui, juste avant que le pays ne se rende aux urnes, répondit Ashurst. C'est la date qu'ils ont fixée il y a très longtemps, maintenant ils sont obligés de s'y tenir. La base a déjà reçu ses instructions. Ils ne peuvent plus revenir en arrière. Et je vous le répète, c'est le moment idéal. Le gouvernement ne se méfiera pas ; c'est en périodes d'élections qu'un pays est le plus vulnérable.

– Ici au *Scream*, nous soutenons le gouvernement, bien évidemment, déclara sèchement le rédacteur.

– J'en suis bien conscient. Mais n'oubliez pas que vous aidez à le sauver.

– En effet, murmura le rédacteur. Quelle situation extraordinaire pour le *Scream*. (« Bon sang, quelle manchette ! songeait-il. L'histoire du *Scream* s'écrivait à chaque seconde. ») Donc, cela nous donne quinze jours pour nous préparer.

– Douze jours.

– Ce qui m'inquiète le plus, répéta le rédacteur pour la cinquantième fois, ce sont les risques de scandales.

Ashurst poussa un soupir résigné.

– Vous comprenez, avec tous ces gens haut placés.

– Ils auront un procès équitable, dit Ashurst, qui s'étonnait intérieurement de voir un journal comme le *Scream* s'inquiéter avant tout du *scandale*.

Le rédacteur lui fournit l'explication.

– Nous ne pouvons nous permettre d'entraîner le journal dans de gigantesques procès en diffamation, dit-il. (Il venait d'essayer d'établir une estimation cauchemardesque des sommes que devrait payer le *Scream* s'il perdait son procès : le total représentait plusieurs fois la valeur du journal.)

– Evidemment, c'est un risque, répondit Ashurst doucereusement.

Le rédacteur avala sa salive ; les conséquences d'un échec, comme d'un succès, étaient vertigineuses.

– Et si jamais un seul mot de tout cela parvient aux oreilles du *Glare*, dit-il, nous sommes fichus. (Moi en tout cas, ajouta-t-il intérieurement.)

Il appuya sur le bouton de l'interphone.

– Faites entrer Woof.

Woof entra ; une lueur de triomphe éclairait son petit visage douteux ; il adressa un regard déterminé à Ashurst. (« Un de nos meilleurs éléments », chuchota le rédacteur à Ashurst entre parenthèses). Les deux hommes se saluèrent d'un hochement de tête, et Woof se lança dans sa tirade.

– C'est encore l'AFAL, *sir*.

Le rédacteur était galvanisé.

– Que se passe-t-il, Woof ? Vous voulez dire qu'ils ont frappé de nouveau. Qui est la victime cette fois ? Soyez clair, mon vieux. J'aime que les employés du *Scream* soient clairs.

– Désolé, *sir*. Je voulais dire qu'ils viennent de téléphoner.

– Qui ça, Woof? demanda le rédacteur sans perdre son calme. Qui a téléphoné à qui ?

– Difficile à dire, *sir*, mais à sa voix, j'ai compris que c'était un type haut placé. C'est lui qu'ils recherchent, dit-il en désignant Ashurst. Ils savent qu'il est ici, sir. Dieu sait comment, mais ils le savent.

– Décrivez-moi la voix, demanda Ashurst d'un ton cassant, dites-moi le maximum de choses sur cet homme !

– Il a répété plusieurs fois un truc du genre « *nespa* »...

– C'est Krokker, leur chef de la sécurité, dit Ashurst. Celui dont je vous parlais à l'instant. Un des éléments les plus dangereux de la bande. Le plus secret aussi.

– Ils veulent que vous soyez au siège du Parti cet après-midi à quatre heures.

– Pas question, déclara le rédacteur. Doublez la protection.

– C'est ridicule, dit calmement Ashurst. J'irai, bien évidemment.

– Avez-vous perdu la tête ? s'écria le rédacteur qui songeait à ce qu'il deviendrait si jamais il arrivait quelque chose à Ashurst.

– Que projetez-vous de faire, alors ? demanda Woof avec empressement.

– Comment se fait-il que vous ayez reçu cet appel, Mr. Woof ? demanda Ashurst.

– Oh, il se trouve que j'étais au bureau des dépêches à ce moment-là, répondit Woof en toute innocence.

– Hum, fit Ashurst. Vous pouvez disposer, Mr. Woof.

– Mais, *sir !* s'exclama Woof qui en appela au rédacteur, enfin, *sir*, je...

– J'ai dit que vous pouviez disposer, répéta Ashurst en haussant le ton.

Woof quitta le bureau d'un pas saccadé. Une fois dans le couloir, il tapa rageusement du pied.

– Que se passe-t-il, Bert ? demanda avec un sourire une secrétaire pressée.

– J'ai mal aux dents, grogna Woof.

Pendant ce temps dans le bureau, le rédacteur dit :

– Pauvre Woof, n'avons-nous pas été un peu durs avec lui ?

– Non.

– Vous n'allez quand même pas commettre la folie de vous rendre à Waterloo ?

– Pour qu'ils me suppriment tranquillement dans un coin ? Non merci.

– Dans ce cas, pourquoi avoir dit à Woof que vous iriez ?

– Pour l'envoyer sur une fausse piste.

– Oh, mais c'était inutile, voyons. Woof est un de nos meilleurs journalistes.

– Vraiment ?

– En tout cas, il sait obtenir des informations.

– Oui, mais comment ?

– Dieu seul le sait, reconnut le rédacteur. Vous n'avez pas confiance en lui ?

– J'ai rarement vu pareille tête de faux-jeton.

– Qu'en savez-vous ? demanda le rédacteur, agacé.

– Je suis policier, ne l'oubliez pas.

– En effet, murmura le rédacteur, avant de répéter : quelle histoire extraordinaire !

Woof monta rapidement jusqu'au quatrième étage du *Daily Glare*, s'annonça à la secrétaire du rédacteur qui lui répondit froidement de s'asseoir et de patienter. Très vite, toutefois, on le pria d'entrer. Il fut reçu par ce même rédacteur qui l'avait mis à la porte.

– Eh bien ? demanda Woof avec ironie, où en sont les ventes ?

– Elles augmentent.

– Mon œil, répondit Woof. Ce sont celles du *Scream* qui augmentent, plus vingt-cinq pour cent. Osez dire le contraire.

– D'accord, d'accord, je ne dis pas le contraire, répondit le rédacteur.

Il ne dit pas à Woof (qui le savait déjà) que le rédacteur en chef l'avait convoqué ce matin pour lui annoncer qu'il disposait de vingt-quatre heures pour arranger ce qui n'allait pas au *Glare*, ni qu'il avait déjà perdu plusieurs heures précieuses à lutter contre une paralysie totale du cerveau.

– Tout le monde dans le milieu de la presse sait parfaitement ce qui ne va pas au *Glare*, dit Woof, même si vous vous l'ignorez.

– Quoi, par exemple ?

– Vous ne parlez pas d'Angleterre Forte Angleterre Libre. Premier point.

– Nom de Dieu, s'exclama le rédacteur en tapant du poing sur son bureau, on parle de la terre de Graham ! Sur toute la première page.

– Qui s'intéresse à la terre de Graham ? rétorqua Woof sans épargner le rédacteur, car il savourait sa vengeance. Problème numéro deux : *je* ne travaille pas pour vous. Je travaille pour tous les autres. Pas étonnant que votre tirage soit en baisse. Vous avez besoin de longues vacances, dit Woof, répétant, en fait, les paroles mêmes du rédacteur en chef ce matin. Vous êtes fatigué.

Il y eut un long silence au cours duquel le rédacteur contempla le sol d'un air morose. Finalement, il leva les yeux vers Woof.

– Combien ? demanda-t-il succinctement.

– Je n'ai pas encore dit que j'étais prêt à collaborer, il me semble.

– Cinq cents ?

Woof fit semblant de réfléchir.

– Je les veux avant de cracher le morceau, dit-il.

Le rédacteur lui lança un regard meurtrier et appuya sur le bouton de l'interphone. Sa secrétaire, une vieille femme surmenée apparut.

– Apportez-moi le chéquier.

Quand on le lui apporta, le rédacteur remplit le chèque et le tendit à Woof qui le plia et le glissa dans sa poche.

– C'est mieux qu'un reçu, non ? dit-il gaiement.

– Bon, répondit le rédacteur d'un ton hargneux, les tuyaux.

– Ce n'est pas sans risque.

– Je n'ai rien à perdre, répondit le rédacteur avec un rire hystérique.

– Bien, dit Woof. Vous connaissez le quartier général de l'AFAL à Waterloo ? Envoyez tous vos hommes disponibles en planque là-bas à quatre heures. Ashurst va se jeter dans la gueule du loup, et ils attendent pour l'éliminer.

– Mais je ne peux pas, gémit le rédacteur, qu'est-ce que je fais de l'histoire du Cacadactyl Megatator ?

– Tout le monde s'en fout, répondit Woof. Par contre, si vous êtes un journal dynamique, vous devez vous intéresser à un coup d'Etat.

Mr. N'est-ce-pas appela Crisso au numéro secret.

– Annulez l'opération de quatre heures.

– Pourquoi ?

– Woof vient d'appeler pour dire que ça ne pouvait pas se faire aujourd'hui, en définitive. Formidable, *n'est-ce pas ?*

– Qu'est-ce qu'on fait, alors ?

– Vous attendez, c'est tout, répondit Mr. N'est-ce-pas. Vous attendez. Je vous rappellerai.

Il raccrocha.

# XI

Tim parcourut rapidement le *Glare*. Le titre de une – « Un quotidien de Londres aide un policier renégat à combattre un groupe de fascistes » – n'était pas particulièrement intéressant : d'ailleurs, un peu plus bas, il découvrit un entrefilet annonçant que le rédacteur du journal venait de donner sa démission pour des raisons de santé. Il prit ensuite le *Scream*. En première page, on trouvait un article contenant des informations sur le prochain meeting des fascistes, ainsi qu'un bref avis pour annoncer que le *Scream* engagerait des poursuites en diffamation contre le *Glare*, et ceci dès qu'il pourrait l'assigner en justice.

Le téléphone sonna ; Tim fit preuve de la plus extrême prudence dans sa façon de répondre. Il enfouit sa tête sous les draps, décrocha, attira le combiné dans le lit et dit « Allô » d'une voix étouffée avec un accent cockney. Bien entendu, ce n'était que le Bourdon. Après que celui-ci eut achevé de commenter les derniers événements, Tim hocha la tête avec gravité.

– Oui, la situation nous échappe totalement, dit-il.

– Quand je pense, se lamenta le Bourdon, que je nous ai entraînés tous les deux dans cette histoire uniquement pour se faire un peu de fric !

– Je constate que le *Scream* a publié un passage de ta joyeuse chanson. Où est-ce qu'ils trouvent tout ça ?

– Je ferais aussi bien de tout laisser tomber, sanglota le Bourdon, appeler le directeur de la prison et lui demander si je peux espérer reprendre mon ancienne cellule. Au moins, elle n'était pas trop froide en hiver, elle était plein sud.

– Quand on pense, rumina Tim, que tu es sorti de taule depuis trois semaines seulement.

Le Bourdon laissa échapper un énorme soupir.

– *Trois semaines !* C'est tout ? je n'arrive pas à y croire. Remarque, ajouta-t-il en retrouvant un peu le sourire, ta situation n'est guère meilleure que la mienne.

– Je viens d'avoir une idée, dit Tim.

– Laquelle ? s'exclama le Bourdon.

– Je crois que je vais appeler mon père pour voir ce qu'il me conseille.

– Oh, là là ! dit le Bourdon en replongeant dans le désespoir, il est complètement dingue. Que veux-tu qu'il fasse.

– Impossible de savoir ce dont il est capable dès qu'il a décidé de prendre une affaire en main.

– Oui, je sais. Je n'ai pas oublié ce qui s'est passé la dernière fois, avec cette fille.

– Cette fois-ci, il ne fera pas de bêtises comme la dernière fois. J'en suis sûr. En tout cas, ça ne coûte rien.

– Oui, sans doute. Il faut tout essayer.

– Exact. On se retrouve ce soir chez *Mrs. Gris-*

*som* à huit heures, je te raconterai comment ça s'est passé.

Installé dans le fumoir des Wallowers, le général de division Drakehatton Spurmaway (il ne portait pas le titre de *Sir*) maudissait son verre de sherry parce qu'il était sucré, et Tim parce qu'il était en retard. Tout bien considéré, il avait été promu à ce grade grâce à son courage, et aussi grâce au système de l'élimination naturelle, mais peut-être n'était-ce pas une sage décision, car en réalité, son courage masquait seulement un désir irrésistible d'agir dans n'importe quel sens afin de pallier à un manque de réflexion. Ce penchant l'avait d'ailleurs obligé à redessiner la carte de l'Afrique du Nord au milieu des années 20, à l'époque ou le général dirigeait une expédition destinée à réprimer la révolte d'un usurpateur et à installer à sa place sur le trône un monarque fantoche. De même, une grave dépression nerveuse n'avait pas été décelée suffisamment tôt par le War Office pour empêcher l'apparition de nouveaux blocs sanitaires remarquables, installés sur les vestiges romains et phéniciens de Cotta, dans une importante garnison du sud. Au déclenchement de la guerre, on lui avait offert le poste de DODO *(Deputy Organizer of Delayed Operations*[1]*)* au dernier étage; mais il avait dû également renoncer à ces fonctions après avoir été rendu totalement sourd par un portemanteau qu'il avait reçu sur la tête dans la salle de restaurant d'un hôtel londonien lors d'un violent bombardement aérien. A soixante-neuf ans, il n'avait rien retiré

1. Responsable en Chef des Opérations Retardées.

de sa carrière, à l'exception de Sudwich et d'un petit appartement à Londres auxquels s'ajoutait une minuscule retraite ; mais il évoquait d'un air triomphant son départ de l'armée, « car, disait-il, cela m'a donné la liberté d'agir dans le sens où je l'entendais. » Grâce au ciel, cette liberté avait peu l'occasion de s'exercer désormais, sauf lors d'une très rare promenade critique et somnolente à travers les mémoires de généraux plus jeunes dans les journaux du dimanche ; sans commune mesure avec ce jour d'août 1939 où il avait pris la parole lors d'une réunion militaire, brandissant une carte routière de la Bolivie et soulignant les avantages d'une attaque britannique dans ce pays, car « Bolivie » et « Anglais » contenaient le même nombre de lettres. C'était peu de temps après sa conversion, par le biais de quelques cours par correspondance, à la numérologie. Voyant qu'il ne parvenait pas à convaincre les autres stratèges, le général fit une flèche en papier de sa carte routière et la lança avec colère sur un maréchal, obtenant ainsi sa mutation au DODO (on utilisa le terme promotion) sans délai.

L'arrivée de Tim, avec qui le général était en mauvais termes, du fait qu'aucun des deux ne trouvait l'autre suffisamment remarquable, incita le vieillard à pousser au maximum le son de sa prothèse auditive. C'était un puissant appareil moderne fabriqué à Bradford, Pennsylvanie, dont les gémissements et les ricanements inquiétaient visiblement les autres Wallowers qui lisaient tranquillement dans le fumoir.

Tim se laissa tomber dans un fauteuil en face de son père et se moucha.

– Alors ? dit le vieillard. Tout va bien ? Hein ? Sers-toi un sherry.

– Très bien, répondit Tim.

Il étendit ses jambes complètement, laissant entrapercevoir par moments un trou dans sa chaussure gauche, à travers lequel brillait une parcelle de peau pas très propre. Il se pencha de biais vers son père.

– Tu m'entends ? demanda-t-il à voix basse. Allô, allô... Essai de son. Essai de son.

– Bien sûr que je t'entends, grogna le général en manipulant les boutons de son appareil. Dis ! s'exclama-t-il lorsqu'il réussit à le faire fonctionner. Tu as lu dans le journal cette ridicule histoire de fascistes. Le gouvernement va être renversé, je m'en réjouis ! J'ai vendu toutes mes actions anglaises. De nos jours, on ne sait plus comment va réagir le marché. Tu crois qu'il va y avoir une révolution ? Vous les jeunes, vous êtes toujours partants pour ce genre de choses.

– Je pense que c'est fort possible.

– Comment le sais-tu ? demanda le vieillard en faisant claquer sa langue. Hein ? hein ?

– A vrai dire, je suis officier dans ce mouvement.

– Vraiment ? dit le général en regardant Tim avec respect. Ça peut être une très bonne chose pour un jeune homme comme toi.

– Oui.

– Il y a peu de chance qu'ils rappellent les vétérans, j'imagine ?

– Ça m'étonnerait.

– Ah ! fit le général, inconsolable, je demandais ça à tout hasard. Qu'est-ce qu'ils veulent ?

C'est un truc à la Musso ? Dehors les juifs, les noirs et toutes les conneries habituelles ?

– Oui, en gros on peut dire ça, répondit Tim. Police secrète, travail obligatoire et ainsi de suite.

– Grand bien leur fasse ! gloussa le vieillard en tapant dans ses mains.

Un serveur s'approcha pour murmurer quelques mots à l'oreille du général. Le visage de ce dernier s'empourpra.

– Voulez-vous avoir la gentillesse, répondit-il au serveur en haussant la voix, de dire à monsieur le baron que je ne modifierai pas le réglage d'une seule millifréquence et que je ne modérerai ni mon ton, ni mon langage, ni mes opinions ; dites-lui que je sais parfaitement que ce n'est qu'un sale travailliste – oui, monsieur, vous, monsieur, allez au diable, monsieur ! lança le général à un vieillard furieux à l'autre bout de la pièce. Et tout scientifique distingué machin-chose qu'il soit, ça ne m'empêchera pas de le dénoncer au secrétaire du club pour avoir pissé dans Picadilly depuis le premier étage en 1918, s'il le faut. Là, je préfère ça, déclara le général, tandis que le serveur s'éloignait discrètement pour aller transmettre ses messages désagréables. A quoi bon être le membre le plus âgé si on ne peut pas faire taire les plus jeunes. D'ailleurs, ça fait un moment que j'ai à l'œil ce serveur, ajouta-t-il en baissant légèrement le ton. C'est le type même du révolutionnaire. Un Bulgare, je dirais. Une saleté d'étranger en tout cas. Je voulais le faire jeter en prison en vertu du 18B durant la guerre. Et je l'aurais fait, si le comité m'avait laissé m'occuper de la sécurité.

– Nous parlions de ce parti fasciste.

– Ne me demande pas d'y adhérer. Je suis trop vieux.

– Non, il ne s'agit pas de ça. Tu m'entends ? Je suis venu te demander conseil.

– Conseil, dis-tu ? Parfait. Voilà une excellente idée.

– En fait, je pense qu'il faudrait anéantir tout le Parti.

– Ah bon ? Vraiment ?

Le général marqua un temps d'arrêt pour observer Tim d'un œil sournois.

– Explique-moi une chose, dit-il. Pourquoi tu veux anéantir ce parti alors que tu viens juste d'y entrer ? C'est louche tout ça. Tu me caches quelque chose, hein ?

– Non, bien sûr que non.

– Ça m'a tout l'air d'être encore un de tes satanés plans qui ont causé la mort de ta pauvre mère.

– En fait, c'est assez compliqué, papa. Un ami et moi sommes dans une situation délicate.

– Ce n'est pas nouveau, cracha le cher vieillard. Et on peut savoir qui est cet ami ?

– Oh, juste un ami.

– C'est encore ce satané Bourdon, je parie.

– Euh, en fait... c'est lui. Oui.

– Ah ! s'exclama le général en faisant claquer ses mains comme un coup de tonnerre. Je le savais !

Plusieurs vieillards sursautèrent dans la pièce.

– Cet individu est un vaurien, un véritable vaurien ! S'il est mêlé à cette histoire, tu es sûr de finir en prison. C'est certain !

– Voilà pourquoi je viens te demander ton aide, tu comprends.

– D'accord, je t'aiderai.

– C'est vrai ? demanda Tim, surpris. J'avais plutôt l'impression contraire.

– Ah ! la politique, dit le général en jetant un regard espiègle à Tim, j'ai toujours rêvé de m'y frotter. L'affaire me paraît claire. Voyons voir... oui, le chiffre quatre, il y a quatre lettres dans l'AFAL, tu vois.... et moi, je suis né le quatre, et... bon sang, c'est le quatrième jour de la semaine ! s'exclama le général d'un air triomphant. Tu sais, quand j'y repense, les chiffres étaient exactement les mêmes le jour où on m'envoya en expédition à Ufiq (encore un mot de quatre lettres !).

Le général mouilla son doigt et le heurta violemment contre la table, balayant les journaux et les magazines.

– Tiens regarde, là c'est Ufiq.

– Pas maintenant, papa, *je t'en prie*.

– Ici c'est Ufiq, répéta le général en jetant un regard noir à Tim, et cette tache de sherry là, c'est le Caliphrate. Tu vois ces allumettes ? C'est le Miramar, où se terrait cette saloperie d'usurpateur. J'ai dit au majeur de brigade : « On entre à l'aube ». En fait, je ne sais plus pourquoi j'ai attendu l'aube... Ah oui ! parce que le lendemain c'était le vingt-deux, ce qui fait quatre quand on additionne les deux chiffres. Avec moi, tout se passe toujours le quatre. En fait, j'avais été piqué par un scorpion la semaine précédente (la bestiole était cachée dans mon sac de couchage, j'avais cru que c'était un jouet placé là par un de ces butors), alors évidemment je n'étais plus tout à fait moi-même. Quoi qu'il en soit, j'ai balancé une bonne rafale de tirs de mortier sur le toit de l'hôtel, nous sommes entrés, et voilà qu'est apparu sur le balcon ce type avec son fusil qui voulait me canarder. Encore une chance que c'était une saloperie d'arme turque, car elle lui a pété au visage et lui a arraché la moitié de sa saloperie de menton... de quoi on parlait au fait ?

– D'Angleterre Forte Angleterre Libre.

– Ah oui ! Où est leur QG ?

– A Waterloo.

– Tu parles d'une veine, dit le général avec un grand sourire, en faisant claquer ses doigts, c'est juste sur mon chemin pour aller prendre le train.

– Tant mieux.

– Bon, écoute-moi.

– Je t'écoute.

– J'ai dit que j'allais t'aider et je t'aiderai.

– Formidable.

– Mais attention, pas pour te tirer du pétrin.

– Ah bon ?

– Pas de danger. Pas plus que ce maudit Bourdon, d'ailleurs.

– Oui, je comprends.

– Les fascistes, je m'en souviens pendant la guerre, dit le général. Une bande de sales types qui voulaient tout diriger, et qui faisaient un tas d'histoires à des chouettes gars. Tu parles d'une idiotie. C'était qu'un ramassis de crapules pas de chez nous. Mais ce n'est pas tout.

– Quoi ?

– Tu devrais aller t'asseoir là-bas et l'écrire tout de suite.

– Qu'est-ce que je dois écrire ?

– Ta lettre de démission, et l'envoyer à ton supérieur. Ce ne serait pas correct de ne pas les prévenir. Ensuite, nous irons déjeuner.

Ils firent un déjeuner tardif composé de perdreau brûlé et de fèves, le tout arrosé d'un bordeaux algérien, et suivi d'une mousse au chocolat. Le général mangea de bon cœur, tandis que les grincements et les sons inarticulés de sa prothèse auditive comblaient les vides de la conversation.

– « La solution c'est de démissionner », a-t-il dit. Il m'a fait démissionner de mon poste.

– A quoi ça sert maintenant ? Ton père est complètement cinglé, Tim.

– En fait, je n'ai pas envoyé ma lettre de démission.

– Il n'est pas cinglé, dit Mrs. Grissom. C'est un vieil homme adorable. Tim me l'a amené un après-midi pour me le présenter, pas vrai, trésor ?

– C'est vrai. Le cher vieux était complètement beurré.

– Quel amour, dit Mrs. Grissom d'un air rêveur, il voulait arrêter la moitié des clients.

– Ça n'aurait peut-être pas été une mauvaise chose, marmonna le Bourdon. Greg, en tout cas.

– Allons, allons, dit Mrs. Grissom.

Elle semblait fort espiègle ce soir, et elle se sentait en pleine forme. Tout à l'heure, pourtant, elle était de très mauvaise humeur, car elle avait dû additionner plusieurs chèques en bois.

– Paie-nous un cognac, mon chou... Andrew ! Apporte le Courvoisier. Trois cognacs, trésor, sur le compte de Mr. Spurmaway.

– On ne peut quand même pas démissionner par écrit, Tim. Ils seront fous de rage.

– J'ai l'impression qu'ils ne nous apprécient pas beaucoup déjà.

– Et ce N'est-ce-pas est le type le plus sinistre qui soit.

– Et Jenny ? Elle est quand même la Première dame officielle. Je ne vois pas comment on peut la tirer de là.

– Elle se débrouillera. Comme toujours, répondit le Bourdon. Pour être franc, Tim, j'en ai un peu marre de Jenny. C'est vrai quoi, elle a agi comme une idiote dans toute cette histoire.

– Sans compter qu'elle t'a jeté sa nomination au visage.

– Exact.

– Tiens d'ailleurs, je me demande ce qu'elle fabrique. Elle devrait être ici depuis un moment.

– Elle a sans doute trouvé un nouveau petit ami. Tu la connais.

Jenny attendit avec impatience que le Bourdon ait quitté la maison, puis elle le regarda s'éloigner. Lorsqu'il eut disparut, elle s'empressa de décrocher le téléphone pour appeler Greg. La sonnerie retentit longuement, avant que sa voix frêle ne réponde enfin.

– Greg ?

– Oui. Qui est à l'appareil ? demanda-t-il d'un ton morose.

– C'est Jenny, votre petite Dame, j'appelle pour prendre de vos nouvelles.

– Ah, ma chère ! s'exclama-t-il avec un petit cri de stupéfaction. Il faut que vous veniez immédiatement !

– J'arrive tout de suite, répondit-elle aussitôt.

« Il a besoin qu'on lui remonte le moral, songea-t-elle, en raccrochant le téléphone. » Mais elle avait bien autre chose en tête, car au cours d'une nuit agitée (bien que ses contorsions d'insomniaque n'aient nullement dérangé le Bourdon, nota-t-elle avec colère), Jenny avait pris une décision. Une décision importante : la suppression, en réalité, de plusieurs facteurs qui la dérangeaient. En fin de compte, elle avait mis du temps à s'en apercevoir, le Bourdon n'était pas réellement l'homme qu'il lui fallait. Dans son comportement, par exemple, il n'arrivait pas à la cheville de Jim Biddle, titulaire de la *Victoria Cross*. Pendant qu'il était en prison, c'était merveilleux. En tant que petite amie, elle avait pu se comporter en martyr, sans toutefois laisser son chagrin public la priver de quelques escarmouches galantes en privé. Mais désormais, elle avait le sentiment d'avoir placé le Bourdon sur un piédestal bien trop élevé pour sa véritable stature. Elle ne creusa pas trop profondément dans la psychologie de cette découverte, car la psychologie ne lui paraissait pas « très sûre », mais elle en conclut que, bien qu'il fût un partenaire délicieux pour une petite virée de temps à autre dans l'univers de la malhonnêteté ou du sexe, ce dont elle avait besoin, c'était de quelque chose de plus « sûr » encore une fois. Jusqu'à hier soir, ses réflexions étaient bloquées à ce stade par le très faible nombre de candidats au poste qu'elle proposait, mais elle avait résolu cette question à... – elle avait noté l'heure avec exactitude – quatre heures moins dix ce matin, et à partir de ce moment-là, tout s'était enchaîné ; le seul problème désormais consistait à se débarrasser du Bourdon sans s'infliger des *arrière-pensées* * désagréables.

Elle estimait que le Bourdon ne lui avait pas suffisamment prêté attention depuis son retour, alors qu'elle avait *tout* fait pour lui !

Certes, Angleterre Forte Angleterre Libre lui avait procuré une certaine distraction, mais rien de comparable à ce qu'elle aurait pu en tirer si on l'avait laissée agir à sa guise. La réaction hostile du Bourdon face à ses initiatives en ce sens lui avait fortement déplu.

Angleterre Forte Angleterre Libre l'avait beaucoup trop accaparé... Les rares fois (elles paraissaient rares, du moins aux yeux de cette femme vigoureuse) où il avait abandonné assez longtemps les affaires d'Etat pour s'occuper d'elle, ses prestations et son comportement général, même à l'instant culminant, avaient été terriblement tièdes, une débâcle encore aggravée par ses médiocres tentatives pour mettre cela sur le compte de la fatigue.

Elle avait le sentiment que le Bourdon l'avait propulsée *frénétiquement* au poste de Première dame officielle. En repensant à cet incident, elle se sentait fortement humiliée. Il cherchait à se débarrasser d'elle – en tout cas, voilà l'interprétation qu'elle était décidée à plaquer sur sa conduite. Biddle se serait-il conduit de cette façon ? Certainement pas. Eh bien, soit, il allait être débarrassé d'elle.

Jenny repensa rapidement à tout cela dans le taxi qui la conduisait chez Greg. A ce stade, elle ne voulait pas s'abaisser à songer trop précisément à l'aspect financier de sa liaison imminente, cela aurait été vulgaire. Mais les seuls regards furtifs qu'elle s'autorisait dans cette direction avaient quelque chose de délicieusement rassurant. Greg aimait-il les femmes ? Avec son optimisme habituel, Jenny sentait qu'il mourait d'envie de les aimer.

Greg la reçut en personne. Il paraissait encore très mal en point, songea Jenny. Il portait un pyjama noir orné de doublons sous une petite chose bleue toute simple, une grande cape avec l'insigne de l'AFAL brodé au fil d'or sur le sein gauche, et une paire de babouches à pompons, le tout n'étant pas sans évoquer un astronaute de l'ordre de la Jarretière en *petite tenue* *.

– Allons dans la Chambre de Caoutchouc Noir, murmura Greg en lui montrant le chemin, il y fait plus chaud.

– Mais il fait chaud dehors !

– Quel plaisir de vous voir, ma chère.

« Joli décor dans son genre, se dit Jenny, en observant les lieux exactement comme l'avait fait Tim, mais il faudra tout arracher, je ne supporte pas cette couleur sombre. De toute façon, bientôt il s'installera dans un palais, et là j'aurai toute liberté. »

– C'est terriblement sombre, mon trésor, vous ne trouvez pas ? dit-elle à voix haute, mais elle se mordit la lèvre, en se demandant si elle n'était pas trop familière.

Greg appuya sur un bouton et une porte s'ouvrit en coulissant. Il entra et actionna un interrupteur encastré. Les lumières firent apparaître une pièce surprenante. Celle-ci était d'un noir sinistre, sans la moindre fenêtre, et elle empestait abominablement le caoutchouc, dont, à vrai dire, elle était entièrement faite, comme tout ce qui s'y trouvait.

– Mon petit utérus.

– Cette odeur...

– Ah ! c'est suffocant. Mais tout est encore relativement neuf pour l'instant. Je fais brûler de l'encens pour la faire disparaître.

– Mais à quoi ça sert ? interrogea Jenny, en employant les paroles mêmes d'Isabelle de Castille lorsqu'elle reçut la première grammaire espagnole.

Greg tenta de chasser sa gêne par un éclat de rire.

– C'est pour les fois où j'ai... des envies. Des envies bizarres.

– Ah, je vois, dit Jenny en regardant autour d'elle comme un géomètre expert, en faisant la moue.

« La seule solution, se dit-elle, c'est de faire preuve de sens pratique. » Malgré tout, elle ne pouvait cacher son étonnement et, d'une certaine manière, sa déception.

– Mais quelles envies ?

– Envie de m'agiter, répondit-il en balayant la pièce d'un grand geste. Vous voyez là, un divan ou un canapé en caoutchouc. (Emporté par son sujet, il s'approcha du mur et y appuya son doigt ; celui-ci s'enfonça profondément.) Tout est en caoutchouc mousse, déclara-t-il fièrement.

– Dans quel but ? demanda froidement Jenny.

– Je peux foncer dedans de toutes mes forces, répondit-il avec un enthousiasme de collégien, sans me faire une égratignure. Ou bien, je peux plonger sur le divan aux ressorts extrêmement puissants, c'est très particulier. Comme ceci...

Il sauta sur le divan, et Jenny le regarda se

contorsionner, la cape au vent, à mi-hauteur entre le sol et le plafond.

– Formidable, non ? dit-il, le souffle coupé, en redescendant.

Jenny acquiesça avec prudence.

– Les lumières sont soigneusement dissimulées, expliqua-t-il, pour que je ne puisse pas me faire mal avec les ampoules quand j'ai une envie.

Une idée désagréable lui vint à l'esprit.

– Vous n'avez pas d'envie pour l'instant, j'espère ?

Greg rit de bon cœur.

– Mon Dieu, je ne pense pas ! D'ailleurs, cette pièce ne sert pas uniquement à cela, ajouta-t-il.

– Ah bon ?

– Elle ramène à la période pré-anale.

« Mon Dieu, se dit Jenny. Voilà qu'il est parti sur l'architecture. »

– Oh, très intéressant !

– Oui, j'organise ici certains rites très spéciaux. Mais ils sont réservés aux initiés.

– J'imagine qu'ils sont peu nombreux.

– Oui, très peu nombreux. J'appelle ça les parties de plaisir spéciales, dit-il d'un air rêveur, avec tout l'attirail... J'ai même une couronne, vous savez, mais tout l'attrait de la chose réside dans celui qui tient le fouet. D'autres accessoires interviennent à un moment donné, également, en guise de substituts, vous voyez, mais là, c'est encore plus... *intime* *.

Il lui adressa un sourire gêné.

Jenny comprit.

– Oh, je vois ce que vous voulez dire ! dit-elle, soulagée. Mon mari adorait ça. Je me souviens qu'il faisait le tour des boîtes de nuit quand nous étions à Munich pour trouver ce genre de personnes.

Voyant qu'elle s'était éloignée, ou trompée de chemin, elle sourit.

– Mais tout cela me dépasse, j'en ai peur. Vous n'auriez pas quelque chose à boire, par hasard ? demanda-t-elle, pleine d'espoir.

– Tout ce que vous voulez, ma chère, répondit Greg en appuyant sur un bouton. Moi, je ne bois pas.

Jenny examina le bar plein à craquer qui venait d'apparaître, et la colère l'envahit.

– Eh bien ? Vous ne me servez pas un gin-tonic ?

Greg la traitait un peu trop par-dessus la jambe. Elle n'était pas habituée à cela. Il était désinvolte, dédaigneux. Elle avait le sentiment désagréable de ne pas comprendre un seul mot de ce qu'il racontait. Tout ce décor lui était totalement étranger, à l'opposé de ce à quoi elle s'attendait.

– Non, répondit Greg avec un changement de comportement menaçant. Je ne le ferai pas.

– Appelez un domestique alors ! rétorqua furieusement Jenny.

– Je n'en ai pas.

– Engagez-en un !

Greg se jeta sur le divan, et Jenny détourna la tête.

– Avez-vous déjà entendu parler du chantage ? demanda-t-il.

– Oui, et je m'en suis même servi ! rugit-elle. Alors méfiez-vous !

Comme il ne répondait pas à cette remarque

brutale, elle se retourna pour connaître la raison de ce silence. Allongé sur le dos sur le divan en caoutchouc, Greg respirait bruyamment.

– Continuez, continuez ! s'exclama-t-il avec extase, n'arrêtez pas !

Jenny commençait à se sentir mal.

– Donnez-moi un fouet, s'entendit-elle dire, et je m'occuperai de vous.

– Sous le bar.

– Quoi sous le bar ?

– Regardez sous le bar.

Ce qu'elle fit, découvrant une importante pile de fouets. Maîtrisant son excitation, elle réfléchit attentivement et choisit en définitive une épaisse lanière de cuir de rhinocéros qu'elle tint entre ses mains tremblantes.

– Il faut d'abord que je m'exerce un peu, murmura-t-elle. C'est la première fois. C'est formidable, mais je ne voudrais pas vous crever les yeux.

Greg avait roulé sur le ventre.

– Non, il ne faut surtout pas me frapper là où ça peut se voir en public, déclara-t-il d'un ton somnolent.

– Je vais essayer, répondit-elle d'une voix pleine d'excitation. Prêt ?

– Allez-y !

Elle leva le fouet et le frappa. Surprise par la dextérité avec laquelle elle maniait cette arme, elle leva de nouveau le fouet, mais Greg l'arrêta, en la regardant par-dessous son bras.

– Attendez, dit-il. Parlez-moi un petit peu. Je veux savourer cet instant. Vous verrez vous aussi que c'est meilleur.

– Ça n'a rien à voir avec le sexe habituel, chuchota-t-elle.

– C'est sans aucune comparaison ! dit-il, rêveur. Allez-y maintenant !

Crac !

– Encore !

Crac !

– Je vous aime, gémit-elle en faisant claquer le fouet. Je vous *aime !*

La voix spectrale de Jim Biddle, titulaire de la *Victoria Cross*, si elle murmura à son oreille, ne parvint pas à capter son attention ; plus tard, à un niveau plus superficiel, tandis qu'elle se relaxait avec Greg devant une tasse de thé de Chine, elle songea que, après tout, on ne pouvait rester duchesse toute sa vie.

# XII

Le téléphone sonna sur le bureau de Woof au *Scream*. Woof étant absent, ce fut le journaliste du service étranger qui alla répondre.

– Mieux vaut ne pas mettre des bottes en caoutchouc quand la vieille est en train de mourir, dit une voix gutturale.

– Parfaitement, répondit le gars du service étranger, en écrivant la phrase. Qui demandez-vous ?

La communication fut interrompue.

– Bon sang, on aura vraiment tout entendu ici, marmonna le gars du service étranger.

Un peu plus tard, en flânant dans les locaux du journal, le rédacteur jeta un coup d'œil au bureau inoccupé de Woof et aperçut le message.

– Hmm, fit-il, voilà qui est intéressant. Où est Woof ?

Personne ne savait où était Woof. Suivant une impulsion, le rédacteur décrocha le téléphone et appela le *Glare*.

– Passez-moi Woof, dit-il à la standardiste.

– Un instant, répondit-elle. Je crois qu'il est occupé...

Au bout d'un moment, elle revint en ligne pour confirmer :

– Oui, il est actuellement en réunion avec le rédacteur. C'est de la part de qui ?

– Personne, grogna le rédacteur, et il raccrocha.

Nus, Greg et Jenny se détendaient devant une tasse de thé. L'arrière des cuisses de Greg était zébré de bandes de sparadrap, et il s'agitait en grimaçant sur le divan en caoutchouc noir.

Jenny avait déjà rendu cette étrange pièce plus chaleureuse. Elle avait acheté une descente de lit chez *Gamages* et un appareil pour faire le thé muni d'une lampe de chevet, d'une pendule et d'un charmant petit nain qui ouvrait la bouche pour émettre de délicieux carillons de Cantorbéry. Tout cela faisait assez Biddle, titulaire de la *Victoria Cross*.

– Sans cela, dit Jenny, des jours et des jours pourraient passer ici sans qu'on s'en aperçoive !

Greg lui coula un regard tendre, en songeant que Hitler n'avait vraiment pas eu de chance dans son bunker avec Eva Braun.

Le téléphone sonna ; Greg décrocha.

– Traîtrise ! dit Mr. N'est-ce-pas.

Il voulait savoir si Greg possédait encore un peu d'énergie.

– Traîtrise ! répéta Greg en blêmissant. Qui ça ?

– Woof, *n'est-ce pas ?* Il ne nous est plus d'aucune utilité, me semble-t-il. Mais ne vous inquiétez pas.

– Et au sujet d'Ashurst ?

– Aucun risque. Ne vous inquiétez pas.

– Comment pourrais-je ne pas m'inquiéter? gémit Greg, mais Mr. N'est-ce-pas avait déjà raccroché.

Greg se tourna vers Jenny et ouvrit la bouche pour dire quelque chose. Mais il fut devancé par le gnome à la mâchoire pendante. Les carillons de Cantorbéry tintèrent de manière réconfortante. Jenny se pencha pour servir le thé.

De son côté, Mr. N'est-ce-pas inscrivait les mots *Edouard Krokker, Leader d'Angleterre Forte Angleterre Libre* sur un bout de papier. Certes, il n'était pas Anglais, mais après tout, Hitler n'était pas Allemand. A l'heure du Marché Commun qui se souciait d'un petit détail comme la nationalité? Songeur, il froissa le bout de papier, l'enflamma et le regarda se consumer dans son cendrier. Après quoi il appela Durrell.

– Mieux vaut ne pas mettre des bottes en caoutchouc quand la vieille est en train de mourir.

– L'amour est à la passion ce que la haine est à l'amour.

– Ça y est. Greg n'est plus dans le coup, *n'est-ce pas?* Je pense qu'on devrait remercier cette espèce de folle. C'est parti pour le *putsch*. Comment fait-on pour aller chez vous? Par Barkerloo Line? Nous devons mettre au point tous les détails.

– Eh bien, Woof? demanda le rédacteur d'un ton sec, qu'avez-vous à dire pour votre défense?

– Pour ma défense, *sir?* A quel sujet, *sir?*

– Je sais tout. Vous travaillez pour le *Glare*.

Woof mima intelligemment une petite colère.

– C'est un mensonge, *sir!* s'exclama-t-il. Un

ignoble mensonge ! J'ai des ennemis au *Glare, sir*. Ils ont tout inventé !

– Comment savez-vous que j'ai appelé le *Glare* ?

Woof s'effondra.

– Je suis désolé, *sir*, dit-il humblement. Je suis sincèrement confus. J'avoue.

– Levez-vous et prenez votre dû, Woof, déclara le rédacteur d'un ton sévère.

– Oh, je vous en supplie, pas ca, *sir*.

– Je ne peux accepter un traître dans l'équipe du *Scream*, Woof.

– Je ne retrouverai peut-être jamais d'autre travail dans un journal, *sir*.

– C'est exact, Woof.

– Ecoutez, *sir*. J'ai une nouvelle tout chaude.

– Prenez votre dû, Woof.

– Je la gardais pour le *Glare, sir*. Mais je vous l'offre.

– Je vous ai dit d'aller chercher votre dû, Woof.

Mais le ton de reproche du rédacteur était déjà moins mordant. Le sentant, Woof poussa son maigre avantage.

– C'est de l'authentique, *sir*.

– Angleterre Forte Angleterre Libre ?

– Bien sûr, *sir*.

Le rédacteur faiblit un instant, mais il se ressaisit.

– Non, Woof, dit-il. Allez-vous-en !

Woof traîna les pieds jusqu'à la porte et resta planté là, l'air pathétique, sous le regard de marbre d'Ashurst et du rédacteur. Soudain, Ashurst murmura quelque chose à l'oreille du rédacteur. Ce dernier lui répondit de la même manière. Finalement, le rédacteur fit pivoter son fauteuil pour se tourner vers Woof.

– Très bien, Woof, dit-il. Personnellement, je n'y comprends rien, mais Mr. Ashurst me recommande la clémence dans votre cas. A condition, toutefois, que vous nous disiez tout ce que vous savez.

Woof se précipita la main tendue, le visage rayonnant de gratitude et de bonheur. Un renvoi du *Scream* à ce stade aurait été pour lui synonyme de désastre. Tant pis pour le *Glare*, voilà tout.

– Tout de suite, *sir*, dit-il. J'ai moi-même surpris une conversation entre deux membres de l'Escadron Soixante devant leur quartier général. Ils projettent de remplacer Greg.

Ashurst et le rédacteur se penchèrent brutalement en avant.

– Vous en êtes certain ?

– C'est la seule façon d'expliquer la disparition de Greg.

– La disparition ?

– Oui. Vous n'êtes pas au courant ? Il se terre chez lui avec cette Riofrio. Un *putsch* est organisé contre lui ; les deux hommes que j'ai surpris doivent y participer.

– Qui est derrière ce *putsch ?* demanda Ashurst d'un ton brusque. Durrell ?

– Qui voulez-vous que ce soit ? répondit Woof.

La main du rédacteur planait déjà au-dessus de ses téléphones. Il décrocha le blanc.

– Bureau des dépêches ?

– Oui, *sir*. Johnson à l'appareil.

– Gardez la page trois en attendant mes ordres.

Il raccrocha violemment et se tourna de nouveau vers Woof.

– Sur quelles forces peut compter Durrell ?

– L'Escadron Soixante suffira, répondit Woof. D'ailleurs, c'est quasiment la garde personnelle de Durrell.

– Ce fut la grosse erreur de Greg, commenta Ashurst, songeur. Il aurait dû l'épurer.

– Pas facile d'entreprendre une épuration de cette importance dans un pays comme l'Angleterre, non ? murmura le rédacteur.

– En effet, dit Ashurst. Un coup de chance, pas vrai ?

– Au boulot ! dit le rédacteur. Qu'allons-nous écrire ?

– Je vais rédiger l'article avec vous, déclara Ashurst.

Leurs regards se posèrent sur Woof, les oreilles dressées.

– C'est bon, Woof, dit le rédacteur, vous êtes pardonné. Vous pouvez disposer.

– Oui, dit Ashurst. Et pas de coup tordu cette fois. Vous n'aurez pas d'autre chance.

– Une chance, mon œil, murmura Woof dans sa barbe en fonçant directement au *Glare*.

Il allait faire des affaires en or.

Dans son élégante demeure, le haut fonctionnaire bâilla et décrocha le téléphone.

– Allô ? dit le général Spurmaway, c'est vous, Bernard ? Drakhehatton Spurmaway à l'appareil. Vous vous souvenez de moi ?

(« Un prénom efféminé, Bernard, pour un homme », se dit le général.)

Le haut fonctionnaire se souvenait parfaitement bien de lui. A vrai dire, il était présent, en tant que jeune officier d'état-major, l'après-midi où le maréchal des logis avait reçu la fléchette.

– Que puis-je pour vous, *sir ?* demanda-t-il. Je suis très pressé. Je dois assister à l'une de ces réceptions gouvernementales. C'est assommant à mourir, mais je n'ai pas le choix.

– Oh, il n'y en a pas pour longtemps. Voilà, j'ai une saleté de jeune fils qui s'appelle Tim.

– Ah oui ?

– Je doute que vous le connaissiez ?

– Non.

– Eh bien, il s'est commis avec des individus peu recommandables.

– Vraiment ? répondit poliment le fonctionnaire en jetant un regard à sa montre.

– Je n'aurais jamais songé à vous importuner si cela n'était pas directement de votre ressort.

– Demain... risqua le fonctionnaire, ma secrétaire.

– ... Et assez urgent.

– ... un plaisir de vous donner un rendez-vous...

– Angleterre Forte Angleterre Libre.

– *Vous dites ?*

– Angleterre Forte Angleterre Libre. Mon fils Tim a plus ou moins renié ce mouvement, et il m'a tout raconté. J'ai songé à vous avertir, en espérant que vous pourriez étouffer toute cette histoire dans l'œuf.

Le fonctionnaire ouvrit le tiroir central de son bureau prit une gélule jaune, l'avala et tomba raide mort de son fauteuil. A l'autre bout du fil, le silence se prolongea si longtemps que le général crut à une défaillance de son appareil, et il le secoua jusqu'à ce que celui-ci fasse un bruit de basse-cour.

– Allô ? Allô ?

Peu de temps après, une voiture du *Scream* apprit la nouvelle du décès et la transmit au journal.

– Bon sang ! s'exclama le rédacteur, stupéfait, en se tournant vers Ashurst. Toutes ces histoires que vous nous fournissez depuis votre arrivée chez nous !

– Oui, les choses vont bouger maintenant.

Un larbin entra humblement dans le bureau.

– Qu'y a-t-il ? demanda le rédacteur, agacé.

– C'est Woof, *sir*. On vient de le voir sortir de l'immeuble du *Glare*.

– Maudit soit-il !

– On ne peut rien y faire, dit Ashurst. Il est trop tard maintenant pour se soucier de Woof.

Le lendemain, il n'y en avait que pour le suicide du haut fonctionnaire dans le *Scream*. L'affaire glissait la tête avec obstination entre les derniers développements dans l'histoire du Cacadactyl Megatator et les activités des Russes en terre de Graham. Le médecin légiste décréta que la mort était due à une surcharge de travail ayant sans doute entraîné un dérèglement mental ; mais cela ne dissuada pas le *Scream*, qui s'exclama : « Un suicide ? Peut-être. Mais quelle en est la cause ? » Dans son éditorial, le journal se lança dans une diatribe qui commençait ainsi :

« Un choc politique, tel que ce pays n'en a pas

connu depuis 1642, se prépare derrière les événements en apparence banals de ce fait divers... Il semble inconcevable que le gouvernement, loin de prendre des mesures afin de dévoiler au grand jour la menace que représente la poussée du mécontentement d'extrême droite, n'en ait même pas conscience, se vautrant grassement, au lieu de cela, dans les préparatifs oisifs de l'élection, comme si la mort d'un de ses membres n'avait pas plus d'importance qu'une grosse averse un jour de fête... »

Des sources dignes de confiance laissèrent entendre que le gouvernement était « ahuri et sérieusement bouleversé par cette attaque hors du commun », et le *Glare* lui apporta son soutien pour des raisons personnelles, écrivant avec colère : « Que veut dire tout ceci ? », et concluant que tous ceux qui prêtaient attention aux propos du *Scream* ne pourraient pas ensuite s'en prendre au *Glare* s'ils avaient la tête bourrée d'âneries.

Le *Scream* intenta un procès au *Glare*, et le *Glare* contre-attaqua en intentant un procès au *Scream*.

Chaque jour, le *Scream* publiait des bribes d'information provocantes à l'encontre de Jenny, Tim et du Bourdon, tout en maintenant habilement l'intérêt national en état d'ébullition.

Le *Bodyblow*, un journal du dimanche à faible tirage, sortit avec à la une ce gros titre : « Où est la Duchesse roublarde : partie au bal ? » et fut immédiatement attaqué en justice par Jenny, par l'intermédiaire de son avocat, preuve qu'elle n'était pas très loin.

Dans une atmosphère d'intense excitation, une

élection partielle de dernière minute fut organisée dans la circonscription du fonctionnaire défunt. « Nous soutenons le gouvernement ! » s'écria le *Scream* d'une voix stridente le jour du vote, avant d'enregistrer sa cuisante défaite le lendemain avec une approbation solennelle...

Golgotha Films téléphona de l'autre côté de l'Atlantique pour dire qu'ils avaient hâte de signer les contrats avec le *Scream*, car le scénario était prêt et ils avaient déjà engagé plus d'une centaine de stars de renommée internationale ; une fois la conversation terminée, le rédacteur, qui était terriblement nerveux depuis plusieurs jours, lança son stylo à bille en or sur le bureau et demanda à Ashurst :

– Bon sang, combien de temps va-t-on devoir encore attendre ?

Ashurst fronça les sourcils. Son visage potelé d'adolescent avait laissé place à une expression grave et déterminée, et tout le personnel du journal le considérait comme un mélange de mammifère rare et d'insupportable casse-pieds. Mais il était sans aucun doute le grand prêtre du combat contre l'AFAL. Il s'enfonça en douceur dans son fauteuil (semblable à celui du rédacteur, comme n'avaient pas tardé à le remarquer les gens) et il joignit l'extrémité de ses doigts.

– Il ne faut pas envisager d'agir, répondit-il en contemplant le plafond d'un air songeur, avant que la pression n'ait atteint son point culminant. Jusqu'à présent nous avons parfaitement réussi à presser le bouton en douceur entre nos doigts grâce à de brefs articles du *Scream* et de gros titres en page trois. Ce traitement, combiné aux maux internes du Parti, va maintenant entraîner la réaction suivante : le Parti, sous la direction de Durrell, va s'opposer à Greg. Cette opération ne peut s'effectuer sur une petite échelle. Ceux qui lui sont fidèles, ceux qui ont fait leur temps et qui en savent trop devront être éliminés. Cela va se dérouler rapidement et dans la confusion. Pour comparer avec une situation similaire, remontez à l'époque de la purge de Röhm. Franco, lui, fut plus patient, il laissa la plupart de ses adversaires périr au cours de la guerre civile, faisant disparaître de nombreux autres au fond de ses oubliettes, sans procès. Mais Durrell, lui, n'est pas aussi patient. Après le *putsch*, le jour du meeting, s'il réussit à Londres, il essaiera aussitôt de consolider son pouvoir par un coup d'Etat dans tout le pays. Nous devons donc attendre le meeting et le contrer à ce moment-là. Si nous agissons trop tôt, le Parti, sous l'impulsion de ses éléments les plus modérés, les Wexel et autres Anklesmith, courra se mettre à l'abri, il se réorganisera, et tout sera alors à refaire.

– Mais bon sang ! s'exclama le rédacteur. Est-ce que Greg va laisser Durrell s'emparer du pouvoir au sein du Parti sans réagir ? Pourquoi est-ce qu'il n'intervient pas ? Pourquoi a-t-il disparu ?

Ashurst secoua la tête avec une agréable franchise.

– Là, vous me posez une colle, dit-il. Je n'en ai pas la moindre idée.

Le capitaine Durrell convoqua pour un déjeuner extraordinaire les quatre officiers du Parti qui n'avaient pas été proscrits. Ce fut une triste réunion à Swiss Cottage. Depuis le départ de Monica Durrell, l'aspect de l'appartement s'était considérablement dégradé. Le menu se composa uniquement de pain et de fromage lors de la conférence, car le Leader se trouvait de nouveau sans travail et il devait fuir un huissier presque chaque jour. D'après Wexel, les finances du Parti étaient au plus bas ; une grande partie de l'argent avait servi à acheter du matériel de guerre en vue du *putsch*, et les affirmations de la presse établissant un lien entre le Parti et la mort du haut fonctionnaire avaient fait peur aux chères vieilles habituellement si promptes à signer des chèques ; elles tournèrent le dos à la violence dès que celle-ci s'immisça entre leurs lèvres, la tasse de thé et les petits gâteaux. Les hommes puissants qui se tenaient dans l'ombre du Parti étaient inquiets eux aussi. Une délégation représentant plus de la moitié d'entre eux avait rendu visite au Leader ce matin même, pour mettre fin, avec tristesse, mais brutalement, à leur collaboration ; nul doute que le destin du Parti avait atteint un stade critique.

Le Leader promena son regard sur les visages moroses qui mâchonnaient autour de lui, et il se leva brusquement.

– Le moment est venu d'agir, déclara-t-il d'une voix stridente.

Il y eut des ah et des hum !

– Les traîtres sont encore nombreux à l'intérieur du Parti. Certains, ajouta-t-il d'un ton menaçant, ont été démasqués.

Des pieds raclèrent nerveusement le sol, ainsi que les caoutchoucs d'Anklesmith.

– La traîtrise est au sommet, reprit le capitaine Durrell. Ici même.

L'auditoire blêmit, chacun scruta le visage de son voisin.

– Gregory Grindlay, cracha le capitaine entre ses dents, a trahi le sacro-saint génie de la révolution de la manière la plus cynique qui soit. Sa moralité est d'une faiblesse évidente, totalement à l'opposé de l'esprit de croisade du Parti. Il a enfreint tous les canons de la loi du Parti. Plus grave encore, toutes les personnes ici présentes l'ont entendu affirmer que la révolution devait être d'ordre économique. Or, ce n'est pas ce que *moi* j'entends par le terme révolution. (Il marqua une pause.) Et vous non plus, j'en suis sûr.

Apparemment non, car personne ne dit rien.

– Quand je parle de révolution, reprit le capitaine Durrell en se mettant à hurler, je pense à la *force !* Je pense au *sang !* Je pense à la leçon infligée au peuple et à nos ennemis, si salutaire que pendant les décennies à venir ils ne chercheront qu'à satisfaire leurs maîtres naturels !

Cela déclencha des applaudissements frénétiques.

– Il y a des éléments insipides au cœur du Parti, déclara le capitaine Durrell avec mépris. Mais je vais jeter ces scories à la poubelle !

Son doigt jaillit pour désigner haineusement Wexel. Puis il glissa vers Anklesmith.

Ce dernier tomba à genoux pour demander grâce d'une voix sanglotante.

Mr. N'est-ce-pas griffonna quelque chose dans un carnet.

Wexel humecta ses lèvres paralysées, restant

assis sans bouger, regardant fixement le capitaine Durrell. Les yeux de l'accusé se tournèrent ensuite vers le colonel Crisso et Mr. N'est-ce-pas, mais inutile de chercher de la clémence de ce côté-ci.

– Espèces de sales lâches ! cracha le Leader. Même à cet instant, vous êtes prêts à pactiser avec l'ennemi ! A ramper jusqu'aux pieds de Grindlay ! A déshonorer l'uniforme du Parti !

– Non, non ! gémirent-ils.

– Vous serez jugés !

– Non !

– Conformément à l'article quatre !

Anklesmith poussa un cri.

– Fichez le camp ! dit le Leader.

– Notre témoignage... dit Wexel.

– Fichez le camp !

Ils reculèrent jusqu'à la porte en se faisant tout petits.

– Fichez le camp ! hurla d'une voix aiguë le Leader pris d'une violente colère, qui commençait à avoir l'écume aux lèvres.

La porte se referma avec un petit déclic. Mr. N'est-ce pas consulta son carnet d'un air songeur. Dedans, il avait inscrit : *L'être qui se fait dieu, ne fait que des bêtises sous les cieux* *. Glissant la main dans sa poche intérieure, il sentit le contact rassurant de son passeport.

Le Leader reprit la parole :

– Crisso !

– Oui.

Le Leader contempla son auditoire restreint.

– Dorénavant, déclara-t-il, vous m'appellerez Excellence. N'oubliez pas. Bien... nous agirons comme prévu le jour du meeting.

– Risqué, *n'est-ce pas ?*

Le Leader ignora cette intervention.

– Le colonel Crisso mobilisera et fournira les armes à l'Escadron Soixante. Celui-ci sera entièrement responsable de la discipline au niveau de la base pendant toute l'opération. Nous nous échaufferons sur le parking. Deux mille hommes se répandront dans toute la zone de Waterloo et s'en empareront ; les escadrons mobiles occuperont la Banque d'Angleterre, l'aéroport de Londres et tous les studios de télévision. C'est de là que partira la propagande affirmant que la révolution est un succès et que toute résistance entraînera désormais l'exécution immédiate de tous les prisonniers. A partir de Waterloo nous nous déploierons sur l'ensemble de Londres et sa banlieue. Toutes les installations qui présentent un intérêt militaire potentiel – casernes, gares de triage, écoles – seront investies. Toute résistance – même symbolique – sera aussitôt annihilée. Des questions ?

Il n'y avait pas de questions.

– Je suis persuadé, dit calmement le capitaine Durrell, que cette opération sera un succès absolu, sans trop de sang versé de notre côté. N'oubliez pas : en dépit des rumeurs dans la presse, l'élément de surprise joue en notre faveur. Le gouvernement reste inactif. L'opinion publique est cynique. La majorité des gens considère encore le Parti comme une vaste plaisanterie destinée uniquement à les distraire au petit déjeuner. Nous verrons bien. Les forces de police loyales, envoyées pour contenir le meeting lorsque la situation dégénèrera, rejoindront immédiatement notre camp. Elles seront aussitôt armées et contraintes d'ouvrir le feu sur leurs collègues, de façon à les impliquer totalement dans d'éventuels meurtres.

Il s'approcha du mur et désigna une carte d'état-major. Elle était constellée de petits drapeaux en papier.

– Les positions de combat et les ordres seront transmis aux escadrons juste avant l'heure H et pas avant, pour des raisons de sécurité. Ils comportent le blocage des voies ferrées afin d'empêcher les renforts d'atteindre la capitale.

– Et la résistance aérienne ? demanda Mr. N'est-ce-pas.

– J'en ai tenu compte. Il se peut que l'aviation intervienne, mais j'en doute. Le gouvernement n'acceptera jamais de faire bombarder la ville ; quoi qu'il en soit, tous les membres importants du gouvernement, dont les adresses ont été transmises aux sous-chefs par Krokker, seront les premiers à être pris dans les rafles. Ils seront considérés comme des otages jusqu'à la fin des combats. Ensuite, ils seront jugés et exécutés... mais pas tous. Certains n'auront pas cette chance.

– Et l'armée ?

– Les forces armées n'ont jamais eu la réputation d'agir indépendamment des autorités dans ce pays. Les services secrets ont veillé à ce qu'il n'existe aucun dispositif qui leur permette de le faire, et qu'aucune force de frappe suffisamment puissante pour nous inquiéter ne puisse intervenir avant que nous nous soyons emparé de nos principales cibles. Toutefois, il se peut, mais ça m'étonnerait, que des troupes nous attaquent en parachute. Dans ce cas, vous savez ce qu'il convient de faire, bien entendu.

– Oui, on abat ces salopards en l'air, dit Crisso.

– Le *briefing* pour les derniers détails aura lieu juste avant le début des opérations.

Le Leader se leva.

– Merci, messieurs, la conférence est terminée.

Les deux derniers officiers s'empressèrent de quitter le salon pour rejoindre le quartier général à Waterloo. Par le biais du réseau téléphonique secret, grâce auquel Crisso et Mr. N'est-ce-pas contrôlaient l'Escadron Soixante, l'ordre funeste fut transmis : « Occupez-vous de Greg. »

Mais il était déjà trop tard.

– Tu as bientôt fini, Jenny ?

– Presque.

– Je m'endors. Je me sens partir.

– Tu n'as plus qu'à signer ton testament.

– Alors approche-toi, et aide-moi à tenir le stylo. Je ne vois plus très bien.

– Je finis juste le testament.

– Je suis content que l'argent te revienne.

– Tu es si généreux, Greg. Trop généreux, mon chéri.

– Plus de sévices.

– Non.

– C'est une façon plutôt indolore de partir, je trouve, le nembutal.

– Vraiment ?

– As-tu fini le testament ?

– Oui, tiens. Signe ici !

– Tu pourras te faire passer pour ma veuve. Tu diras que nous nous sommes mariés d'après la loi du Parti.

– Oh, Greg ! ça ne pouvait pas être autrement ?

– Non. Tu me promets de ne pas toucher à la chambre en caoutchouc ?

– Bien sûr que non, mon chéri, *mon chéri*... tu es si courageux.

– Pas autant que Biddle.

– Oh si, beaucoup plus !

– Je pars, Jenny. Adieu. Ne pleure pas.

– N... non.

Il se retourna légèrement et soupira.

– Nous nous reverrons dans... forte... libre.

# XIII

Wexel fut le premier à perdre son calme. Après une nuit d'insomnie, il décida d'aller trouver la police. Il se leva de bonne heure, enfila les vêtements qui lui tombaient sous la main et sortit de chez lui. Sa voiture était garée innocemment dans un cul-de-sac contigu à sa rue de banlieue ; ce qui semblait moins innocent, c'était l'homme qui rôdait sur le trottoir d'en face. Il tournait le dos à Wexel, et sa silhouette ne lui était pas familière, mais Wexel lui-même ne pouvait pas connaître de vue tous les membres de l'Escadron Soixante.

Wexel hésita. Ce n'était pas un homme courageux, et cela était d'autant plus regrettable qu'il avait accumulé de nombreux secrets dans le cadre de ses activités cléricales au sein du Parti, des secrets que seul un homme courageux osait posséder. Immobile, il regardait sa voiture ; au bout d'un moment, il s'aperçut que la clé qu'il tenait dans sa main était couverte d'une pellicule de sueur glacée.

A cet instant, l'homme se tourna vers Wexel et le regarda fixement, ouvertement, l'air impassible. Wexel serra les clés dans sa main.

Il comprenait maintenant, encore plus nettement, que le Parti l'appréciait pour une seule et unique qualité : son silence. Au prix d'un gros effort, Wexel s'arracha au regard de l'homme et rentra chez lui à l'aveuglette. Il monta dans sa chambre, parfaitement rangée à l'exception du lit défait, et s'assit à son bureau. Il ouvrit un tiroir, sortit du papier à lettres et dévissa son stylo. Soudain, la panique vida son esprit ; la surface de la feuille se mit à danser devant ses yeux. D'un bond, il se leva et s'approcha de la fenêtre. L'étranger impassible était toujours là. Il avait remonté le col de son manteau et il tirait sur une pipe. Hormis le fait qu'il restait planté devant chez lui, il paraissait tout à fait inoffensif. Wexel se rassit et fit face à la feuille. Le téléphone le gênait ; il s'aperçut que celui-ci n'était pas à sa place habituelle. Il le poussa sur le côté. « *Messieurs,* écrivit-il, *je suis prisonnier à l'intérieur de chez moi, et c'est de là que je dois me confesser. Je n'ai plus rien à perdre en vous racontant tout, dans l'espoir que...* »

Une terrible explosion se produisit dans la rue. Dans un éclair de chaleur fulgurante, la fenêtre de la chambre se déforma et se brisa sous l'effet de la déflagration, inondant Wexel d'éclats de verre. Propulsé en arrière, il se retrouva plaqué contre le lit ; hébété, il retourna à la fenêtre d'un pas vacillant et regarda au-dehors. L'épave fumante de sa voiture gisait de guingois le long du trottoir. A tâtons, Wexel se rua sur le téléphone et décrocha. Ce geste connecta le branchement qui reliait le téléphone à la charge de plastic fixée sous le bureau. La bombe explosa, le réduisant en bouillie.

Anklesmith apprit la mort de Wexel en lisant le *Scream* à l'heure du déjeuner, et son visage se lézarda. Il était dans un pub situé près de son bureau à Lincoln's Inn Fields, mangeant du bout des lèvres un sandwich au poulet et ingurgitant des doubles whiskies. Devenant livide tout à coup, il s'empara de son verre d'une main tremblante.

– Ça ne va pas ? demanda la barmaid.

– Si, répondit Anklesmith, remplis-moi mon verre. Un double scotch. Je... je fête mon anniversaire, expliqua-t-il d'une voix frêle.

Que faire maintenant ? Il chercha de l'argent dans sa poche et sentit une main se poser doucement sur son épaule. Se retournant, il vit le pub tournoyer autour du visage de Woof.

– Non, laissez, dit Woof d'un ton joyeux en faisant glisser sur le comptoir un billet de dix livres. Tenez, c'est ma tournée, *miss.* Pour moi ce sera une Worthie. (Il reporta son attention sur Anklesmith. ) Alors, demanda-t-il, comment ça se passe à Angleterre Forte Angleterre Libre ? Vous avez lu l'article sur Wexel ?

Il sortit de sa poche un exemplaire froissé du *Scream* et le déplia sur le bar.

– Je ne sais pas qui vous êtes, ce que vous me racontez, ni pourquoi vous m'offrez un verre. J'ai eu une faiblesse passagère, c'est tout.

– Ça ne m'étonne pas, vieux, dit Woof en tendant la main. Je m'appelle Woof, je travaille au *Scream.* (Il prit son verre.) A la vôtre !

– A la vôtre !

– Je vous connais, mais vous ne me connaissez pas. C'est comme ça.

– Oui.

– Un journaliste se doit de connaître tous les gens célèbres.

– Vraiment ? Je ne suis pas célèbre.

– Vous allez le devenir, répondit Woof en buvant une gorgée de bière, si vous ne faites pas gaffe.

– Ecoutez, s'énerva Anklesmith, je vous remercie mille fois pour le verre et ainsi de suite, c'est vraiment très aimable, mais ça me ferait sacrément plaisir si vous me foutiez la paix, et si vous foutiez le camp. Je suis avocat et j'ai un tas de soucis en tête.

– Je m'en doute, dit Woof.

Les deux hommes se dévisagèrent un long moment. Anklesmith se sentit rougir légèrement.

– Bon, dit enfin Woof, arrêtons nos conneries et venons-en au fait. Je vous suis depuis ce matin. Je vous observais quand vous avez lu l'article sur Wexel. Ecoutez, dit Woof d'un ton mielleux, je suis de votre côté, mon vieux. Pourquoi ne pas tout me dire ? Détendez-vous. Vous savez, je peux vous tirer de là.

Anklesmith porta sa main à sa bouche et commença à se ronger les ongles à petits coups de dents rapides et voraces, en observant Woof pardessus ses jointures comme un enfant. Woof lui tapota amicalement le bras et Anklesmith craqua tout à coup. Woof regarda autour de lui et l'entraîna vers une table dans un coin sombre.

– Là, nous serons plus tranquilles. Allez, racontez-moi tout.

Anklesmith raconta tout. Woof ne trahit pas son excitation par le moindre battement de cils. Il écoutait avec une condescendance solennelle. Au bout d'un moment, Anklesmith, qui semblait avoir retrouvé un peu de joie de vivre, s'absenta un instant. Woof sortit une petite boîte et versa quelque chose dans le verre d'Anklesmith. En revenant, ce dernier avala sa boisson droguée d'une seule traite. Quand Woof proposa de faire une petite promenade, Anklesmith accepta volontiers, car il avait des bouffées de chaleur tout à coup. Woof eut tout juste le temps de l'entraîner au-dehors et de le pousser à l'intérieur de sa voiture avant qu'il ne perde connaissance. De retour chez lui à West Kensington, Woof mit Anklesmith au lit. Après quoi, il passa plusieurs coups de téléphone.

En conclusion, une fois les enchères terminées, le *Glare* se mit d'accord avec Woof pour échanger Anklesmith contre deux mille livres ; et en fin d'après-midi, celui-ci leur fut remis comme convenu, toujours inconscient.

– Vous n'avez absolument rien à craindre ici, déclara le rédacteur du *Glarc* à Anklesmith quand celui-ci revint enfin à lui.

Allongé sur un lit de camp dans le bureau, Anklesmith jeta un regard dubitatif autour de lui.

– Trop de portes, murmura-t-il.

– Allons, allons, dit le rédacteur en consultant sa montre, car il avait un train à prendre, il ne faut pas vous laisser abattre par toute cette histoire.

– Voilà une remarque plutôt stupide compte tenu des circonstances, vous ne trouvez pas ?

– Si vous avez peur ce soir, l'équipe de nuit est là, répondit le rédacteur d'un ton crispé, en quittant le bureau.

« Vraiment, se dit-il en enfilant son manteau dans l'antichambre, les gens se prennent pour Dieu sous prétexte qu'ils font la une des journaux pendant une journée. » Mais il oublia vite sa mauvaise humeur en prenant au passage les chiffres de vente. Ceux-ci indiquaient enfin une légère augmentation, ce qui réjouit le rédacteur, avant tout parce que la plupart de ces nouveaux lecteurs avaient dû laisser tomber le *Scream* jugé à leurs yeux trop hystérique et tapageur.

– Mais je ne peux pas, se lamenta Woof. Je n'ai rien touché pour lui.

– Il le faut, répondit Mr. N'est-ce-pas.

– Non.

– Si.

– Je... je pense que la révolution va échouer.

– Ce n'est pas très malin de dire ça. Nous allons devoir revoir la question de votre loyauté, *n'est-ce pas ?* Quoi qu'il en soit, ajouta le chef des renseignements en arrangeant distraitement les billets placés devant lui pour en faire cinq belles piles de cent livres, vous restez fidèle à l'argent.

– Très bien, j'accepte, dit enfin Woof.

– Parfait. Les hommes vous attendent en bas. Allez-y immédiatement.

A deux heures du matin, deux hommes en bleu de travail pénétrèrent dans les locaux du *Glare* par l'entrée de service, ils montèrent rapidement dans les étages et étranglèrent Anklesmith dans son sommeil à l'aide d'une corde de piano. Pendant ce temps, Woof attendait dehors, dans le couloir. L'idée d'être ainsi complice d'un meurtre le mettait profondément mal à l'aise. Mais c'était un individu cupide, et pour se réconforter, il caressa les cinq cent livres de l'AFAL au fond de sa poche.

Les derniers jours précédant le meeting se déroulèrent sans incident notable. C'était un bel été, et il n'y eut plus de meurtre pendant un certain temps. On découvrit le corps de Greg, mais pas Jenny. Après la mort d'Anklesmith, le chiffre des ventes du *Glare* atteignit son niveau le plus bas. Le rédacteur fut renvoyé une fois de plus; son remplaçant, sentant qu'un grand coup de balai s'imposait, laissa tomber « le truc sur l'AFAL », assurant ainsi lui-même son renvoi lorsque le meeting explosa sept jours plus tard. Il se concentra sur la terre de Graham et le vol du Megatator, que le *Sunday Bodyblow* essayait vainement de relier à l'AFAL. Malheureusement pour le *Glare,* les Russes se retirèrent brusquement de la terre de Graham, mais pas avant, découvrit-on, d'y avoir installé une bombe suffisamment puissante pour faire sauter tout l'hémisphère nord.

Tim fit la connaissance d'une fille nommée Betty Scrisley-Mee, dont il tomba rapidement amoureux, tout en sachant que c'était une erreur. Miss Scrisley-Mee lui reprocha violemment de vouloir quitter le pays avant le meeting. Elle se montra si convaincante que Tim accepta finalement de s'installer chez elle. Là, quelques amis choisis étaient conviés à venir sur la pointe des pieds admirer son nouveau *peepshow* en tendant à Tim des petits bouts de conversation, comme un enfant qui glisse des bâtons entre les barreaux d'une cage. A la grande colère de Tim – mais il s'en aperçut trop tard pour l'en empêcher – elle raconta à tout le monde où il se trouvait. Heureusement, parmi les relations de Miss Scrisley-Mee, tout le monde ne voulait pas dire *n'importe quoi,* et par un extraordinaire hasard, le *Scream* n'en eut jamais vent. Contrairement à l'AFAL. Aussi ne fut-il pas étonné lorsqu'elle faillit être écrasée par une camionnette qui prit la fuite au moment où ils sortaient ensemble de St Jame's Park. Bien entendu, elle sauta agilement sur le côté, avec un petit rire méprisant. Mais à partir de ce jour, il n'y eut plus de *peepshow,* et une soirée à laquelle devait être convié le fils d'un pair à vie fut discrètement annulée. Dès lors, les actions de Tim commencèrent à chuter à la bourse de Scrisley-Mee ; elle transféra ses assiduités sur la dernière coqueluche des joueurs de batterie antillais, et Tim dut abandonner la chambre d'ami pour un sac de couchage sur le sol du salon, indication sans nuance. De là, il entendait les prestations agitées de la fille avec le batteur antillais dans la pièce voisine. Il fit encore quelques tentatives, sans grande conviction, pour coucher avec elle les soirs où le batteur était occupé ; toutes furent repoussées.

Golgotha Films avait achevé le scénario du film. Ils exigeaient tous les fascistes en chair et en os, avec leurs uniformes, que pourrait dénicher le *Scream,* livrés enchaînés si nécessaire. « La compagnie, ajouta la voix lointaine du Dr. Abel Reikmansthal de l'autre côté de l'Atlantique, envisageait d'installer tous les membres du Parti, ainsi que leur quartier général, dans un pénitencier construit spécialement sur les hauteurs du Yosemite National Park. » La John Birch Society, qui finançait en partie Golgotha Films, faisait preuve d'un enthousiasme inhabituel pour ce projet. Hésitant, le rédacteur se gratta la tête et répondit qu'il fallait consulter Lord Monsoon. « Est-ce que l'intervention personnelle de Lord Monsoon auprès du gouvernement ne pourrait pas, suggéra le Dr. Reikmansthal, accélérer les mesures gouvernementales destinées à supprimer le Parti ? Ce que voulait Golgotha, c'était une bonne vieille bataille à l'ancienne, et le plus tôt serait le mieux. Les vingt dernières scènes du scénario ne pouvaient pas être écrites tant que les scénaristes ne connaissaient pas le dénouement. » Le rédacteur répondit d'un ton glacial que, selon lui, « cela était impossible, sincèrement ». « Très bien », rétorqua le Dr. Reikmansthal d'un ton encore plus froid, car pour chaque journée de retard dans le déclenchement de la révolution, à compter du moment où il raccrochait le téléphone, le *Scream* serait condamné à verser mille dollars de pénalité par jour jusqu'à l'achèvement du scénario, en vertu de la clause vingt et un du contrat. On alla quérir en vitesse Lord Monsoon et on décrocha d'augustes téléphones.

Que son attitude ait été ou non influencée par Lord Monsoon, le gouvernement commença, à partir de ce jour-là, à reprendre le contrôle de la situation. De nombreux fonctionnaires furent discrètement envoyés à la retraite ou bien remplacés dès réception de leurs lettres de démission rédigées en termes de soulagement, de douleur ou de surprise polis. « *Cher monsieur le Premier ministre,* disait l'une d'elles, *si vous estimez, sans le dire ouvertement par générosité, tout en le laissant entendre, que j'ai, d'une manière ou d'une autre, manqué à la confiance qui m'était accordée ou fait preuve de négligence en servant mon pays, je souhaite, par la présente, vous présenter ma démission. Croyez-m'en, si l'opportunité d'une telle décision m'était apparue par le passé, je me serais empressé de la prendre, ainsi que je le fais maintenant, de ma propre initiative. Je vous demande seulement de croire, dans l'avenir comme dans le passé, à la constance de ma sincérité et de mes bonnes intentions, et de ne jamais oublier que l'intérêt de la nation reste le plus cher à mon cœur...* » Cette démission fut acceptée de bonne grâce.

Le général Spurmaway retourna au DODO et fit établir un plan, jusque dans les moindres détails, en vue de la suppression de l'AFAL. Celui-ci comportait une commande pour cent cinquante ballons de DCA.

A Waterloo, les membres de la base s'entraînaient avec assiduité sous les ordres de leurs supérieurs en vue du Jour J ; une foule nombreuse se pressait pour les voir défiler patiemment dans un sens puis dans l'autre, par colonnes de quatre, dans la chaleur de l'été, leur indiscipline momentanément domptée par leur soumission au Parti – et, leur journée de travail achevée, ils filaient à toute vapeur sur leurs engins éclatants vers des cafés de Brixton, Willesden, Watford et Shepherd's Bush, leurs casques aux armes du Parti étincelant de paillettes et de peinture fluorescente.

Le *Scream* publia un sondage selon lequel quarante pour cent de ses lecteurs ne voulaient pas être gouvernés par l'AFAL, deux pour cent le souhaitaient et le reste n'avait pas d'opinion. *Vraisemblable* *.

La veille du meeting, Ashurst apprit officieusement qu'il allait être réintégré au sein de la police, avec une promotion, ce dont il avait toujours rêvé. Le rédacteur, les mains pleines de téléphones, et légèrement attristé par cette nouvelle, semble-t-il, déclara que toutes les bonnes choses avaient une fin, sur quoi Ashurst fut saisi de remords, car, après tout, il devait énormément au *Scream*, et il reçut la permission d'assister au grand jour dans la voiture de rédaction du *Scream*...

# XIV

L'aube apparut lumineuse et claire le jour du meeting, un jour embrouillé au cours duquel un tas de choses se déroulèrent en même temps. Le capitaine Durrell, en poste dès le lever du soleil, reçut un rapport d'une patrouille du Parti l'informant que le candidat local des Travaillistes avait eu l'audace de réclamer le parking de l'AFAL pour y tenir lui aussi son propre meeting. Un puissant détachement de l'AFAL se rua aussitôt à l'extérieur du garage et découvrit le candidat, fortement soutenu, en train d'exorter une foule importante à « Faire le bon choix, voter à gauche » lors des élections. Un combat farouche s'engagea aussitôt, d'où se retirèrent les forces de police présentes, l'affrontement entre l'AFAL et les troupes du Comité pour le désarmement nucléaire étant particulièrement violent.

Une voiture du *Scream* s'approcha aussi près qu'elle l'osa. Assis à l'arrière, Ashurst et le rédacteur avaient le nez collé à la vitre.

– Nom d'un chien ! s'exclama le rédacteur, impressionné et légèrement inquiet, huit heures moins le quart seulement et ils se battent déjà.

– Si vous le permettez, dit Ashurst, j'aimerais me rendre à l'entrée du quartier général du Parti.

– N'est-ce pas risqué ?

– Oh ! je ne pense pas. Nous passerons devant sans nous arrêter.

L'entrée du garage était encombrée : une queue de militants, attendant pour se présenter devant leurs supérieurs, s'étirait sur deux cents mètres le long de la route. Visiblement, tout le monde n'était pas sobre dans la queue, malgré l'heure matinale. Le désordre régnait, accompagné de slogans hurlés sans modération. Des échos assourdis de l'hymne du Parti s'élevaient de l'intérieur du bâtiment, autour duquel tournoyait une parade ininterrompue de jeunes gens et de jeunes filles montés sur des motos vrombissantes, la plupart des passagers agitant d'un air menaçant des matraques et des chaînes au-dessus de leur tête. Tout au bout du parking, environ cinq cents autres engins sous bonne garde scintillaient dans le soleil du week-end.

– Ah ! fit le rédacteur d'un air songeur en découvrant cette scène. Chère vieille Angleterre : elle fait la queue même pour les révolutions.

Mais il était heureux, car il tenait son scoop. Cela avait débuté par les éditions du matin, qui portaient ce titre percutant : « CITOYENS ATTENTION ! », accompagné de toute l'histoire d'Angleterre Forte Angleterre Libre qui s'étalait sur la totalité de la première page et se poursuivait sur quatre colonnes en dernière page. Le centre du journal était occupé par les photos de tous les leaders de l'AFAL qu'avait pu dénicher le *Scream*, sous cette manchette : « REGARDEZ-LES BIEN : VOICI

LES SCÉLÉRATS DE WATERLOO ! » Pour son éditorial, Lord Monsoon avait fait reproduire un discours qu'il avait tenu en 1926. Légèrement dépoussiéré et coupé, il fut publié sous le titre : « UN MOMENT DE VÉRITÉ », et nonobstant son ancienneté, il demeurait d'une pertinence lugubre. L'édition de Londres se vendit en l'espace d'une heure et demie, et une édition spéciale de la mi-journée vrombissait déjà dans les rotatives.

Ashurt et le rédacteur, à bord de la voiture du *Scream* numéro Un, firent de nouveau le tour du garage, à la demande du rédacteur cette fois, mais, au moment où ils passaient devant l'entrée, deux hommes armés de mitraillettes dévalèrent les marches et s'apprêtèrent à ouvrir le feu. L'extrémité de la queue, qui pénétrait lentement à l'intérieur du bâtiment, s'immobilisa et commença à se déplacer vers la voiture.

– Foncez ! lança Ashurst au chauffeur, ce serait dommage de se faire arracher la tête maintenant.

La voiture s'élança à travers la foule avant que l'ennemi n'ait le temps de bloquer la route. Une balle s'enfonça dans le coffre avec un bruit creux. Gravissant à toute vitesse la rampe, ils débouchèrent dans Waterloo Road. Les yeux du rédacteur étincelaient d'une lueur fiévreuse.

– Sensass ! s'exclama-t-il en secouant de manière hystérique la main d'Ashurst. C'est foutrement plus excitant que de surveiller les incendies pendant la guerre !

La radio de bord grésilla :

– S7 à S1 ! S7 à S1 !

– Parlez S7 ! hurla le rédacteur.

– Nous venons d'apercevoir une berline noire

bourrée de types du *Glare,* bredouilla le correspondant. Ils veulent nous barrer la route. On attend les instructions. A vous.

– Foncez-leur dedans ! s'exclama le rédacteur, aux anges. Laissez-les venir ! s'écria-t-il d'une voix exaltée, puis se tournant vers Ashurst, voilà ce que je dis... (Il se tourna de nouveau vers le micro.) S1 à Q.G. S1 à Q.G., répondez, je vous prie ! A vous.

– Q.G. à S1, Q.G. à S1, à vous.

– Johnson ? C'est vous ?.... Alors, elle arrive cette foutue édition spéciale ?

– Dans une demi-heure, *sir*... enfin, si nous n'avons pas d'autres ennuis avec la machine numéro trois.

– *Mayday,* Johnson, *Mayday. Vous* comprenez ?

– Désolé, *sir,* je ne comprends pas très bien.

– Ça veut dire : sortez-moi cette édition tout de suite, espèce de triple crétin. C'est compris ? Le *Glare* contre-attaque.

– Bien, *sir.*

Le rédacteur reposa le micro ; mais aussitôt, la radio grésilla de nouveau. La voix de la secrétaire du rédacteur annonça :

– Golgotha Films vient d'envoyer un télégramme, *sir.* Voulez-vous que je le lise ?

– Evidemment, espèce d'idiote ! grogna le rédacteur en serrant le récepteur à s'en faire blanchir les jointures.

– « HOLLYWOOD DIX-NEUF HEURES JEUDI... »

– Oh, passez-moi ces conneries !

– « ... CONTRATS PRÊTS POUR SIGNATURE DÈS ACCORD DE VOTRE PART STOP FÉLICITATIONS ENFIN

POUR RÉVOLUTION BUDGET DU FILM CINQ MILLIONS DE DOLLARS STOP VOTRE COMMISSION COMME PRÉVU CONFIRMÉE À LA SIGNATURE STOP ». Signé : *Reikmansthal.* C'est tout, sir.

– Merci, Mavis, dit le rédacteur d'une voix nouée, en lâchant le récepteur, merci.

Abasourdi, il sortit un bout de papier de sa poche, un stylo et commença à griffonner des chiffres.

Ashurst lui adressa un clin d'œil.

– Je parie que vous allez prendre votre retraite maintenant, dit-il.

– Ma retraite ? répondit le rédacteur furieux. Mon cul ! Je ne prendrai jamais ma retraite ! Jamais ! (Il tapota sur l'épaule du chauffeur.) On retourne au bureau ! dit-il d'une voix grinçante. Dépêchez-vous ou nous allons arriver en retard pour notre rendez-vous avec Azul Television.

Du haut de l'estrade, le capitaine Durrell contempla la mer grondante de visages à ses pieds dans la salle. Il consulta sa montre, jeta un coup d'œil en direction des sous-chefs rassemblés tout au fond, bloquant les issues, et il tapa dans ses mains pour réclamer le silence. Peu à peu, le vacarme diminua, remplacé par un silence haletant et tendu.

– Soldats d'Angleterre Forte Angleterre Libre ! s'écria le capitaine.

Il y eut des acclamations, des sifflets, des cris.

– De la discipline ! tonna le Leader. C'est le prélude d'une bataille, pas d'un match de boxe !

Le silence se fit plus profond.

– Mes valeureux soldats ! reprit le capitaine

Durrell, dans une demi-heure ou même moins, vous allez tous passer à l'action afin de faire chanceler et renverser cette démocratie frileuse qui a gouverné notre cher pays pendant trop longtemps... Avant le lever du jour, des petits groupes de commandos composés de vos camarades ont pris le chemin des voies ferrées qui conduisent à la capitale afin d'empêcher les forces de la corruption de venir entraver notre action !

Des acclamations frénétiques montèrent de la salle.

Le capitaine Durrell leva la main pour réclamer le silence. Lorsque celui-ci revint, il poursuivit :

– Comme vous le savez, l'issue de ce jour de gloire dans l'histoire du Parti a été planifiée par vos dirigeants pendant trois longues années, ils vous ont préparés avec soin afin que vous soyez en mesure de vous comporter convenablement le moment venu.

Il se mit à hurler d'une voix stridente.

– Des traîtres sont montés sur cette estrade ! beugla-t-il.

Un terrifiant grondement de rage enfla dans la salle, accompagné de cris tels que : « Tuons-les ! Pendons ces salauds ! Fusillons-les ! »

– Ils ont déjà été supprimés ! hurla le capitaine Durell avec ardeur.

D'un geste de la main, il désigna Mr. N'est-ce-pas et Crisso qui étaient assis derrière lui.

– Tous ont été chassés ou proscrits, à l'exception de mes deux officiers et moi-même, fidèles et dévoués jusqu'à la fin. L'ignoble presse à scandales de la démocratie dirigée par les juifs a fait tout ce qu'elle pouvait, mais aujourd'hui, le Parti, avec moi, votre Leader, à sa tête, va foncer vers la victoire totale sans rencontrer d'obstacle, et une ère nouvelle, débutant par le Jour du Sang, va naître, pas plus tard que...

Il s'interrompit pour ménager son effet, avant de s'écrier :

– DEMAIN !

Les hourras résonnèrent entre les chevrons métalliques et les fenêtres vibrèrent ; en comparaison de ces acclamations, toutes les marques d'enthousiasme précédentes ressemblaient au murmure d'un enfant. Tandis qu'elles enflaient vers leur point culminant, Mr. N'est-ce-pas se leva en douceur ; en silence, il se dirigea vers le côté de l'estrade et s'éclipsa sans se faire remarquer.

Le capitaine Durell dut lever les deux mains cette fois-ci pour calmer la foule.

– Et maintenant, s'écria-t-il, avant de quitter ces lieux afin d'aller combattre pour notre Nouvelle Angleterre, écoutons encore une fois le glorieux hymne de notre armée !

Il adressa un signe à un garde qui se dirigea vers le fond de l'estrade et écarta un rideau pourpre miteux sous l'emblème du Parti. Trois hommes apparurent, en uniforme, tenant respectivement un fifre, une clarinette et un tambour.

Le capitaine Durell se retourna face à la salle.

Membres du Parti ! cria-t-il à la foule enthousiaste. L'hymne ! L'Hymne d'Angleterre Forte Angleterre Libre !

L'étrange formation joua les premiers accords de cette chanson qui était la dernière marque imprimée par Greg sur le Parti ; de manière hésitante tout d'abord, puis avec un peu plus de conviction à chaque mesure, la base se mit à chanter, et alors que la magnifique mélodie, qui avait la bonté de masquer la plupart des mots ignobles, emplissait tout le bâtiment, les larmes vinrent aux yeux du capitaine Durrell, provoquées non seulement par cet instant culminant où tout pouvait basculer, mais également par la gravité avec laquelle ce chant semblait pénétrer cet étrange rassemblement :

*« ... Nous nous battrons... battrons... avec passion...*
*A Droite, Droite, Droite...*
*En route vers la victoire immédiate ! »*

... Mais les dernières paroles furent englouties par les acclamations qui foncèrent vers l'estrade avec la rapidité d'un feu de forêt ; des casquettes s'envolèrent, des milliers de bottes martelèrent le sol en béton jusqu'à ébranler le bâtiment, une myriade de mains se tendirent pour exécuter le salut du Parti. Une fois encore, le capitaine Durrell embrassa l'assistance d'un geste large, à la manière d'un prêtre, et il prit sa respiration.

– Et maintenant ! hurla-t-il par-dessus le vacarme faiblissant, le slogan du Parti !

Tous les poumons s'emplirent dans une même inspiration rauque.

– ANGLETERRE !... hurla le Leader.

– FORTE ! cria la foule.

– ANGLETERRE !...

– LIBRE !

– ANGLETERRE !...

– UNIE ! ! !

Mr. N'est-ce-pas roulait lentement sur la A20 au volant d'une Ford Anglia. La chanson en la bémol qu'il sifflotait entre ses dents n'avait rien de joyeux, mais c'était une des chansons préférées de Napoléon, dont il avait ainsi modifié les paroles : « *Mabrouck se tire d'affaire* *... » Le dernier message de « Lucas » concernant l'issue de la révolution du Parti était on ne peut plus clair : « Vous êtes foutus. » Bah ! songea Mr. N'est-ce-pas, même si l'histoire de l'AFAL s'était mal terminée, au moins avait-il fait tout ce qu'on pouvait attendre de lui, et il avait semé une jolie panique dans le pays. La tâche d'un *agent provocateur* * consistait pour moitié à rester en vie afin de continuer le combat, se dit-il en ralentissant à hauteur d'un feu rouge à Swanley. C'était une belle journée, la route était presque déserte. Le feu passa au vert, et il n'eut pas le temps d'allumer la cigarette à l'odeur âcre qui lui faisait envie ; alors il repartit vers le terrain d'aviation en herbe près de Lympne, là où l'attendait le petit avion couleur vert-de-gris mis à sa disposition par le gouvernement d'un pays lointain où le soleil brillait presque en permanence, pour les touristes.

Onze heures.

*Mrs. Grissom* était assiégé ; la pagaille régnait devant la porte – en lisant les journaux, les représentants de la pensée, des arts et de la politique du tout Londres s'y étaient rendus en masse.

– Je n'ouvre que dans cinq minutes, mes trésors, dit Mrs. Grissom en s'adressant à la foule sur les marches obscures. (Elle mit ses poings sur les hanches.) L'inspecteur Regan me tomberait sur le râble.

Mais les représentants s'engouffrèrent malgré tout à l'intérieur et, compte tenu de l'esprit révolutionnaire qui flottait dans l'air, Mrs. Grissom procéda à un vote et transforma sur-le-champ le bar en un club privé, à but non lucratif.

Les badges du CND et les cravates rouges se soulevaient sur toutes les poitrines. Un groupe important d'individus, appartenant en majorité à la mauvaise classe d'âge, évoquait avec entrain la guerre civile en Espagne, un type d'une cinquantaine d'années déclamait des poèmes révolutionnaires qu'il avait lui-même écrits en 1930. Un peintre slave ivre essaya de transformer les lieux en communauté, mais Mrs. Grissom et Andrew le barman assommèrent cette idée d'un coup sur la tête en menaçant de fermer le bar. Quelqu'un entra en brandissant un tract de l'AFAL qu'il avait trouvé dans la rue et qui recommandait à chacun de rester branché sur Channel Two : alors on alluma la télévision, mais l'écran noir se contenta de ronronner et bientôt, l'homme d'un certain âge la traversa d'un coup de coude. Mrs. Grissom commença à boire du cognac – ce qui lui était le plus néfaste d'après son médecin – en déclarant : « Je veux imiter les Français qui, après tout, ont été les premiers à montrer la voie. » Les gens étaient trop furieux ou excités pour la reprendre. Le groupe des communistes se tordit les mains en se plaignant que personne ne leur avait ordonné de former un front populaire. Les socialistes affirmèrent à voix haute qu'ils n'avaient reçu absolument aucun ordre. Un éditorialiste célèbre qui s'était toujours vanté de ses sympathies envers les libéraux proposa de faire de ce bar un centre de résistance, sur quoi, un musicien polonais s'empressa de briser deux fenêtres pour ouvrir le feu. Le poète de l'avant-guerre tenta de frapper quelqu'un, il manqua son coup et s'effondra en sanglots sur le piano. Un journaliste renversa son whisky sur une paire de pieds et surprit ses amis en déclarant qu'il était prêtre-ouvrier. Un type qui n'y connaissait rien déclara que la seule façon d'affronter les fascistes, c'était de les raisonner, et Andrew, agacé, l'assomma d'un coup de bouteille. L'épouse de la victime embrassa l'agresseur, et elle reçut en retour un baiser de Mrs. Grissom, après quoi les deux femmes se jetèrent dans les bras l'une de l'autre, en pleurant. Le décor souffrit. Un verre de Bacardi fut renversé à l'intérieur du piano. Une rumeur circula selon laquelle la monnaie était dévaluée... « Que veux-tu que ça me fasse, mon trésor », répondit Mrs. Grissom qui, par prudence, multiplia quand même par trois le prix des consommations et refusa de prendre les chèques. A treize heures, elle avait déjà ramassé cent soixante-dix livres en liquide. « C'est bien ma veine, tiens, confia-t-elle à Clara, le jour où l'argent coule à flots, il ne vaut plus un clou. » Le bandit manchot vacilla, puis s'effondra avec fracas.

Tim et le Bourdon firent poliment une place à l'épave et continuèrent à bavarder en toute simplicité sur leur banquette. Tout le monde faisait semblant de ne pas les voir.

Ils consultèrent leur montre.

– Tu crois qu'on ferait mieux de rester ici ? demanda Tim.

– Je ne me sens pas encore prêt à affronter les rues.

Le poète d'avant-guerre roula par-dessus le piano pour le saisir par le col, les yeux rougis par les larmes de la politique...

– Dans quel camp vous êtes ? marmonna-t-il en serrant son poing de la taille d'une citrouille.

– Dans le vôtre, répondit aussitôt Tim.

– Sale menteur, dit le poète, avant de perdre à nouveau connaissance.

– Il est temps d'aller à Waterloo, déclara finalement le Bourdon. Ton père devrait être passé à l'acte maintenant.

– D'accord, allons-y !

– Je me demande si on a une chance de retrouver Jenny ?

– Oh, pas cette fois, j'en doute !

– J'ai bon espoir de la ramener au bercail, déclara le Bourdon d'un air guindé.

– Si elle est encore en vie, tu veux dire.

– *Bien entendu* *, répliqua froidement le Bourdon.

Allongés dans des chaises longues, « Lucas » et le second supérieur d'Ashurst bavardaient dans le jardin de « Lucas » à Wimbledon. La veille ils avaient été envoyés à la retraite. Autour d'eux, les fleurs se balançaient, les oiseaux jacassaient et s'agitaient. A cette distance confortable, aucun fracas, aucune détonation de l'affrontement lointain ne venait troubler cette matinée d'été.

« Lucas » regardait la fumée de sa pipe s'élever lentement dans l'air.

– Eh bien, dit-il en hochant la tête d'un air sombre, comme un ancien combattant qui se souvient, quand on y repense.

Le deuxième supérieur acquiesça, le regard perdu vers l'horizon peu attrayant.

– « Ils ont obéi aux ordres », récita-t-il lentement. Voilà ce que je ferai graver sur ma tombe.

– Malheureusement pour nous, les ordres ne venaient pas des bonnes personnes haut placées, ajouta « Lucas », les dents vaillamment serrées sur le tuyau de sa pipe.

– C'est curieux de voir comme les gens consciencieux ne sont jamais récompensés.

– Nous avons toujours appliqué strictement le règlement.

– Ce sont des incapables tout là-haut. La politique. Il fallait bien trouver des boucs émissaires.

– Bah ! nous ne sommes pas trop mal lotis, non ?

– Hum. Personne n'a le droit de dire que nous ne l'avons pas mérité. Après trente ans passés dans la police.

– Je me souviens quand vous étiez un simple flic.

– Je me souviens de vous aussi.

« Lucas » renifla la légère brise avec satisfaction et se leva en bâillant.

– Vous sentez l'odeur de la cuisine de Lorna ? Entrons, le déjeuner doit être presque prêt. Mon premier jour de retraite... Je ne veux pas arriver en retard pour les patates au four.

Monica Durrell dévala l'escalier aussi vite que possible, compte tenu de sa corpulence qui avait pris de l'ampleur. Elle jeta un coup d'œil par la porte de la cuisine. Debout devant la cuisinière, Mr. Ngwama, la mine sombre, pourchassait un œuf au fond d'une poêle à l'aide d'une cuillère rose. La radio diffusait un bulletin d'informations concernant l'AFAL. Tout se déroulait parfaitement bien pour le Parti. Ils avaient largement dépassé les limites du parking, sans rencontrer jusqu'à présent la moindre résistance organisée. Mr. Ngwama tourna brusquement la tête vers la radio puis il regarda fixement Monica d'un air sinistre, sans rien dire.

Mrs. Durrell s'approcha, l'embrassa sur l'oreille et lui donna une petite tape sur l'épaule pour le consoler.

– Ne t'en fais pas, mon chéri, dit-elle d'un ton enjoué. (Elle écarta Mr. Ngwama de la cuisinière.) Allez, va t'asseoir à ton aise et lis un peu ton journal, tu vas voir ce que tatie Monica te prépare.

Mr. Ngwama s'assit, prit le journal, y jeta un coup d'œil, et le jeta violemment à terre. (C'était le *Scream.)* Il le piétina.

– S'ils gagnent, nous allons encore devoir émigrer, maman.

– Ne dis pas de bêtises, répondit Monica, en décollant avec dextérité l'œuf cuit au fond de la poêle et en le faisant voler comme un papillon éclatant dans une assiette chaude. *Moi* émigrer ? Je suis anglaise, anglaise je suis née – anglaise j'ai toujours été, et anglaise je resterai. C'est ici que j'ai vécu, et c'est ici que je mourrai, en temps et lieu. Et si c'est valable pour moi, c'est également valable pour toi.

– Mais suppose qu'ils réussissent ?

– Ils ne réussiront pas. Ça ne réussit jamais. Pas chez nous.

– Pourquoi pas ?

– Je ne sais pas, répondit vaguement Monica. Ça ne marche pas, voilà tout ; je suppose que les gens ne les aiment pas, suggéra-t-elle d'un ton rempli d'espoir, car elle voyait qu'il était très inquiet.

– Ils aimeront peut-être Durrell, dit Mr. Ngwama tristement ; après tout, il est anglais.

– Ecoute, répondit Monica d'un ton brusque, tous les cinglés qui sont dans les asiles sont anglais eux aussi, ce n'est pas pour ça qu'ils sortent dans la rue pour faire tout un cirque.

– Durrell fait tout un cirque, maman, et c'est un cinglé.

– Il ne va pas continuer à faire son cirque très longtemps, déclara Mrs. Durrell d'un air menaçant, et il a intérêt à profiter du soleil au maximum, parce qu'il est plutôt rare à neuf heures du matin à la prison de Wandsworth. Allez, dit-elle joyeusement en déposant d'un geste brusque l'assiette devant lui, mange ton petit déjeuner pendant qu'il est chaud... Dieu nous aime tous, ajouta-t-elle d'un ton rêveur en lui caressant affectueusement le crâne. Qui aurait cru que ce vieux nigaud se mettrait dans un état pareil à cause de tout ça !

Le général Spurmaway se dirigea d'un pas décidé vers le bureau des officiers. Avec sa tenue numéro un et ses rangers, le tout envoyé de Sudwich, il avait fière allure. L'adjudant de compagnie ouvrit la porte en grand, et les trois officiers se mirent au garde-à-vous.

– Bonjour, mon colonel, dit le vieillard en promenant un regard féroce autour de lui, et frappant contre sa botte avec sa badine. Eh bien ? Combien avons-nous d'hommes ?

– Mille neuf cents, *sir*.

– Ce n'est pas suffisant, colonel.

– C'est tout ce que nous avons réussi à récolter sans donner l'alerte générale. Conformément à vos instructions.

– Il faudra faire avec, j'imagine, dit le général, songeur. Ils ont reçu leurs instructions ?

– Nous vous attendions, *sir*.

– Ils sont prêts à défiler avec leurs armes ? Les cartouches à blanc ont été distribuées ? Les moyens de transport sont là ?

– Tout a été fait, *sir*.

– Parfait, murmura le général Spurmaway. Nous allons procéder à l'inspection des troupes, puis nous nous rendrons sur place.

Il ressortit d'un pas rapide, suivi des autres, en direction de la cour de la caserne.

L'adjudant-chef qui s'était empressé de rejoindre, à la tête de ce groupe étincelant, ce lieu sinistre, remplit ses poumons d'air.

– Soldats, beugla-t-il. En place pour le défilé !

Un groupe d'individus décourageants s'exécuta en traînant les pieds. Pour l'œil exercé du général Spurmaway, il était évident que la plupart d'entre eux n'avaient pas vu un terrain de manœuvres depuis bien longtemps.

– C'est une armée de fortune, *sir,* chuchota le colonel d'un ton inquiet, des cuisiniers et des employés de bureau pour la plupart.

– Inutile de le préciser, colonel, répondit le vieillard. Ils auraient besoin de cinq heures d'exercices ininterrompus avant que n'importe lequel d'entre eux soit bon à quoi que ce soit.

Mais il résista à l'envie de mettre sa menace à exécution. La revue des troupes fut rapidement faite. Ce qui ne l'empêcha pas d'être minutieuse, et à l'issue de celle-ci, quarante hommes se retrouvèrent aux arrêts.

Le général Spurmaway revint ensuite se placer face aux rangs, et il éleva le ton :

– Maintenant, soldats... commença-t-il d'une voix tremblante de soprano qui possédait la chaleur d'un verre de très vieux cognac. Maintenant, soldats... le but est...

A cet instant, le sens de l'humour du général Spurmaway, sa bête noire, s'empara de lui. Il trifouilla son appareil auditif jusqu'à ce que celui-ci émette des bourdonnements et des ronflements. Des rires étouffés parcoururent les rangs.

– Silence ! hurla l'adjudant-chef d'une voix stridente.

– Il y a une espèce de sale type surexcité, disait le général, entouré d'une bande de garçons bouchers et autres, qu'il faut écraser... Je ne veux pas de morts... Alors vous vous servirez de vos fusils pour frapper, pas pour tirer... (Le vent s'emparait de ses paroles, entraînant la plupart d'entre elles hors de portée de voix.)... Utilisez vos cartouches à blanc quand vous le jugez nécessaire, mais vous, les officiers, veillez à ce qu'ils les économisent ; vous n'en aurez pas d'autres... Attaquez ces vermines de front et repoussez-les jusqu'à la gare... Des questions ?

Il y en avait peut-être, mais le général Spurmaway avait déjà fait rompre les rangs.

– Très bien, colonel, tout le monde aux camions. Le plus vite possible, je vous prie.

Les hommes se précipitèrent, en bavardant, vers les véhicules qui les attendaient à l'extrémité du terrain de manœuvres, et le convoi fonça en direction de Waterloo. Ils avaient d'excellentes raisons de se presser, car le général Spurmaway était censé être enfermé sous bonne garde au DODO, mais comme plus personne ne se souvenait ce qu'était le DODO, ni quels étaient ses pouvoirs, il était difficile de prévoir, ou d'annuler, ses ordres. La commande de ballons de DCA avait été prudemment jetée aux oubliettes, mais nul n'avait prévu la décision du général d'agir rapidement, en personne, et le téléphone du bureau du général Spurmaway, même s'il sonnait avec insistance, sonnait dans une pièce vide.

Dans un ultime effort désespéré, le *Glare* avait contre-attaqué en envoyant tous les journalistes disponibles sur le terrain, et le *Scream* qui venait juste de conclure un marché avec Azul Television, fut surpassé en nombre.

– Mais il nous le faut ! hurlait le rédacteur d'une voix stridente dans le téléphone. Il refuse de démarrer ? Eh bien, trouvez-moi autre chose qui veuille bien démarrer !... Vous avez peur de l'AFAL, c'est ça ? Passez-moi votre délégué syndical... Oh, c'est vous le délégué syndical... Alors écoutez-moi bien : vous voulez que cette révolte soit écrasée ou non ? Vous n'avez reçu aucune instruction ? Bon sang, mon vieux, vous ne comprenez pas que si vous ne vous grouillez pas de me procurer cet hélicoptère avec un pilote, vous ne recevrez sans doute jamais plus d'instructions, à part peut-être celle de creuser votre tombe ? Oh ! vous voulez bien me le procurer, hein ? Quelle bonté ! Faites-le venir ici dans une demi-heure, et pas plus tard.

Il raccrocha violemment le téléphone. Un autre sonna presque aussitôt, il décrocha d'un geste brusque.

– Ashurst, c'est pour vous.

Ashurst prit l'appareil. Une voix solennelle s'adressa à lui.

– Félicitations, Ashurst. Vous êtes désormais inspecteur principal. C'est la promotion la plus rapide que j'aie jamais vue, mais tels sont les ordres. Dépêchez-vous de venir ici, voulez-vous ? Nous avons commencé à arrêter des prisonniers et j'aimerais que vous vous chargiez du tri, des identifications, des interrogatoires et ainsi de suite.

– Très bien, *sir,* répondit Ashurst. Je viens immédiatement.

Il reposa le téléphone en douceur, et pendant un instant, son regard se perdit dans la contemplation du mur ; les rides sévères qui avaient creusé son visage depuis le début de cette affaire s'atténuèrent, jusqu'à ce qu'il retrouve l'aspect du jeune policier enthousiaste qu'il était un an auparavant. Puis il tapota sur l'épaule du rédacteur.

– Il faut que je m'en aille, dit-il. C'était Scotland Yard. Je crains que nous soyons obligés de nous quitter momentanément ; merci pour cette joyeuse coopération.

– Au revoir, au revoir, répondit le rédacteur en essayant de couvrir les deux téléphones qu'il tenait dans les mains. Non ! s'écria-t-il dans l'un d'eux, pas vous, imbécile. Adieu, Ashurst, et bonne chance, et merci pour ce scoop formidable, sensationnel ; le tirage a largement dépassé les sept millions d'exemplaires, on n'avait pas connu ça depuis septembre 1939... De quoi ? L'hélicoptère est prêt ? J'ai Azul Television sur l'autre ligne... Il s'interrompit pour murmurer à Ashurst : ça ne sert à rien, je le crains. Ecoutez, on pourrait peut-être boire un verre quand toute cette histoire sera terminée ?

Mais Ashurst était parti, et un individu à l'air sinistre glissait déjà la tête dans l'entrebâillement de la porte.

– Qu'est-ce que c'est encore ? beugla le rédacteur.

– Mr. Milkway, *sir,* Azul Television.

– Faites-le entrer.

Un homme brun à l'air mielleux, avec une cravate en soie blanche et un coûteux costume bleu pénétra d'un pas prudent dans le bureau. Le rédacteur raccrocha violemment ses téléphones.

– Bon, dit-il, j'espère que vous n'avez pas le mal de l'air, vous arrivez juste à temps.

Mr. Milkway blêmit.

– Le mal de l'air ? répéta-t-il. A temps pour quoi ?

Le rédacteur laissa échapper un petit rire.

– Ah, évidemment ! dit-il, vous n'êtes sans doute pas encore habitué aux coups de feu, comme nous, ici, au *Scream.*

– Détrompez-vous, répondit Mr. Milkway d'un ton agacé. (Il sortit de sa poche des contrats et un stylo à plume en or.) Etes-vous habilité à signer ces documents au nom du *Scream ?*

– Oui, murmura le rédacteur, je viens de signer un contrat de cinq millions de dollars avec Golgotha Films ; d'ailleurs, Lord Monsoon n'est pas disponible à cette heure-ci. Je suppose qu'il est encore en prière dans son bureau.

– Signez ici, dit Mr. Milkway.

Le rédacteur feuilleta les documents.

– Quelle est notre part ?

– Cinquante pour cent de tout ce que nous tirons de cette révolution. Intéressant pour vous, n'est-ce pas ?

– Faites-moi voir ça écrit noir sur blanc, dit le rédacteur avec impatience. Allez... je n'ai pas que ça à faire.

A contrecœur, Mr. Milkway feuilleta le contrat dans l'autre sens, jusqu'à l'endroit en question. On fit venir des témoins. Le rédacteur signa.

– J'aurais dû demander au département juridique d'y jeter un œil, marmonna-t-il. Mais si jamais vous avez roulé le *Scream* dans cette affaire, que Dieu vous garde, vous et vos collègues d'Azul. Bon. Vous montez avec moi ?

– Monter avec vous ? Où ça ? demanda nerveusement Mr. Milway, en récupérant d'un geste vif son stylo en or.

– Dans l'hélicoptère, évidemment. C'est un huit places.

– Je me demande si...

– C'est beaucoup moins risqué que de rester en bas, déclara le rédacteur. Si vous restez ici, vous êtes quasiment certain de vous faire descendre.

L'interphone sonna et une voix résonna. Le rédacteur appuya sur un bouton.

– Ouais ? fit-il d'une voix d'enfant.

– L'hélicoptère est prêt, *sir,* à l'héliport.

– Paré au combat ? ne put s'empêcher de demander le rédacteur, avec un accent américain.

– Il trépigne d'impatience, *sir,* répondit la voix hystérique.

– Ça ira comme ça, Croome, dit le rédacteur d'un ton menaçant.

Il coupa l'interphone et enfila péniblement son manteau.

– Venez, Milkway, dit-il en lui donnant un coup de coude dans les côtes. En route, mon gars. C'est parti.

Et c'est ainsi qu'au plus fort de la bataille entre l'AFAL, la police et les Forces Armées de Sa Majesté, le fameux hélicoptère du *Scream* utilisé par Inkling, avec à son bord Mr. Milkway, le rédacteur et deux cameramen, apparut une fois de plus au-dessus du spectacle. Il arrivait trop tard pour saisir sur la pellicule le premier assaut du général Spurmaway ; une chance néanmoins, car cela n'aurait pas été du goût d'Azul Television, on aurait vu, en effet, le général se faire repousser en déplorant quatorze blessés graves. Mais lors de la seconde reprise, les caméras de Mr. Milkway tournaient à l'unisson, filmant des images de première qualité du général dirigeant l'assaut et de Crisso, enveloppé dans un imperméable de policier, se faisant appréhender. L'engin demeura à la verticale de ce secteur du parking qui avait déjà été défendu, et perdu, par l'AFAL, afin de filmer les blessés hébétés, assis au milieu des épaves éparpillées des motos ennemies, dont la plupart des chaînes avaient été arrachées par les membres de la Vieille Garde de l'Escadron Soixante pour servir d'armes en dernier recours. Puis, en passant rapidement au-dessus du toit de Waterloo Station, ils enregistrèrent vingt mètres de pellicule montrant le chef de gare en train de haranguer ses hommes à l'entrée de la salle d'attente des premières classes.

Jenny Riofrio notait tout cela, et elle s'amusait follement. Cette femme indestructible était apparue à l'orée du champ de bataille au moment même où l'hélicoptère s'en approchait et, après que le pilote se fut souvenu de l'avoir transportée avec Inkling, elle supplia avec de grands gestes qu'on la laisse monter à bord. Ce qui fut fait immédiatement, et à la suite d'une âpre discussion entre le rédacteur et Mr. Milkway, on parvint à un compromis selon lequel elle signait conjointement un contrat avec Azul Television et le *Scream* pour une interview de quinze minutes et une série télévisée racontant ses aventures.

La mission de l'hélicoptère fut bientôt terminée. L'AFAL était en déroute ; lors du troisième assaut, le général Spurmaway avait réussi à s'emparer du garage. La police chargea à la matraque sur le flanc gauche des rebelles, enfonçant leurs lignes et encerclant tranquillement les prisonniers qui furent ensuite conduits vers une longue file de paniers à salade. Soudain, Jenny se pencha en avant et, baissant une vitre de l'hélicoptère, elle héla deux individus solitaires appuyés contre un poteau au bord du parking.

Dérangés dans l'examen de leurs éraflures par le vacarme assourdissant au-dessus de leur tête, Tim et le Bourdon levèrent les yeux.

– Jenny ! s'exclamèrent-ils. Quelle joie de te revoir, ma chérie !

Le rédacteur donna un coup de coude au pilote pour obliger celui-ci à descendre le plus bas possible.

– Nous sommes riches ! hurla Jenny. Vous êtes blessés ?

– Non ! Et toi ?

Les caméras de Mr. Milkway tournaient, pour enregistrer cette scène émouvante. Mr. Milkway écrivit rapidement : *« Retrouvailles touchantes entre des amis combattant dans des camps opposés : un schéma typique de la guerre civile, un drame affreux auquel vient d'échapper ce pays. »*

– J'arrive, mon chéri ! cria Jenny au Bourdon.

– Oh, non ! intervint Mr. Milkway en la retenant par sa jupe. Nous étions les premiers. Vous avez signé un contrat.

– Mais c'est presque mon fiancé !

– Dans ce cas, il ne risque pas de s'échapper, répondit Mr. Milkway, et par conséquent, la bagatelle peut attendre.

Agrippés aux parois de l'engin, ils reprirent de l'altitude et passèrent une fois de plus au-dessus du garage, au cas où, mais on n'apercevait plus que quelques individus vêtus de kaki et fumant des Woodbines en montant la garde devant ces portes de sinistre mémoire ; le combat – et l'AFAL – étaient finis. Le seul événement véritablement digne d'intérêt qui échappa à l'hélicoptère fut l'explosion d'une petite bombe qu'avait gardée en réserve le capitaine Durrell dans l'éventualité d'un *Götterdämmerung*. Elle se déclencha dans sa poche au plus fort de la bataille, provoquant deux morts seulement : la sienne et celle de Woof qui, à cet instant, se précipitait vers lui à la tête des forces terrestres du *Glare* pour recueillir sa déclaration. Du Leader, on ne retrouva aucune partie identifiable, tandis que Woof gisait au milieu d'un amas de billets de banque qui l'entouraient comme des feuilles mortes.

Et les choses en restèrent là, plus ou moins, si l'on excepte les événements mineurs que constituèrent le jugement en cour martiale du général Spurmaway (ou il fut acquitté), et le procès des officiers de l'AFAL, accusés de complot (où personne ne fut acquitté. « Non, je ne me qualifierais pas d'individu asocial », répondit, exaspéré, le Bourdon à un envoyé de la *Psychiatrists' Gazette* tandis qu'on l'emmenait en prison.) La meilleure conclusion, peut-être, fut apportée par le rédacteur du *Scream* qui écrivit dans l'édition du matin que la bataille contre l'AFAL avait attiré plus de spectateurs qu'une finale de la Coupe d'Angleterre de football, un souffle d'euphémisme *touchant* *, car tellement anglais.

# Rivages/noir

Joan Aiken
*Mort un dimanche de pluie* (n° 11)

Robert Edmond Alter
*Attractions : Meurtres* (n° 72)

Jean-Baptiste Baronian
*Le Tueur fou* (n° 202)

Marc Behm
*La Reine de la nuit* (n° 135)
*Trouille* (n° 163)
*À côté de la plaque* (n° 188)
*Et ne cherche pas à savoir* (n° 235)

Tonino Benacquista
*Les Morsures de l'aube* (n° 143)
*La Machine à broyer les petites filles* (n° 169)

Pieke Biermann
*Potsdamer Platz* (n° 131)
*Violetta* (n° 160)
*Battements de cœur* (n° 248)

Michael Blodgett
*Captain Blood* (n° 185)

Paul Buck
*Les Tueurs de la lune de miel* (n° 175)

Edward Bunker
*Aucune bête aussi féroce* (n° 127)
*La Bête contre les murs* (n° 174)
*La Bête au ventre* (n° 225)

James Lee Burke
*Prisonniers du ciel* (n° 132)
*Black Cherry Blues* (n° 159)
*Une saison pour la peur* (n° 238)

W.R. Burnett
*Romelle* (n° 36)
*King Cole* (n° 56)
*Fin de parcours* (n° 60)

Jean-Jacques Busino
*Un café, une cigarette* (n° 172)
*Dieu a tort* (n° 236)

George Chesbro
*Une affaire de sorciers* (n° 95)
*L'Ombre d'un homme brisé* (n° 147)
*Bone* (n° 164)
*La cité où les pierres murmurent* (n° 184)
*Les Cantiques de l'Archange* (n° 251)
*Les Bêtes du Walhalla* (n° 252)

Andrew Coburn
*Toutes peines confondues* (n° 129)

Michael Collins
*L'Égorgeur* (n° 148)

Robin Cook
*Cauchemar dans la rue* (n° 64)
*J'étais Dora Suarez* (n° 116)
*Vices privés, vertus publiques* (n° 166)
*La Rue obscène* (n° 200)
*Quand se lève le brouillard rouge* (n° 231)
*Le Mort à vif* (n° 241)

Peter Corris
*La Plage vide* (n° 46)
*Des morts dans l'âme* (n° 57)
*Chair blanche* (n° 65)
*Le Garçon merveilleux* (n° 80)
*Héroïne Annie* (n° 102)
*Escorte pour une mort douce* (n° 111)
*Le Fils perdu* (n° 128)
*Le Camp des vainqueurs* (n° 176)

Hélène Couturier
*Fils de femme* (n° 233)

James Crumley
*Putes* (n° 92)

Mildred Davis
*Dark Place* (n° 10)

Jean-Paul Demure
*Milac* (n° 240)

Pascal Dessaint
*La vie n'est pas une punition* (n° 224)
*Bouche d'ombre* (n° 255)

Thomas Disch/John Sladek
*Black Alice* (n° 154)

Wessel Ebersohn
*La Nuit divisée* (n° 153)
*Coin perdu pour mourir* (n° 193)
*Le Cercle fermé* (n° 249)

Stanley Ellin
*La Corrida des pendus* (n° 14)

James Ellroy
*Lune sanglante* (n° 27)
*À cause de la nuit* (n° 31)
*La Colline aux suicidés* (n° 40)
*Brown's Requiem* (n° 54)
*Clandestin* (n° 97)
*Le Dahlia noir* (n° 100)
*Un tueur sur la route* (n° 109)
*Le Grand Nulle Part* (n° 112)
*L.A. Confidential* (n° 120)
*White Jazz* (n° 141)
*Dick Contino's Blues* (n° 212)

Howard Fast
*Sylvia* (n° 85)
*L'Ange déchu* (n° 106)

Kinky Friedman
*Meurtre à Greenwich Village* (n° 62)
*Quand le chat n'est pas là* (n° 108)
*Meurtres au Lone Star Café* (n° 151)
*Le Vieux Coup de la sauterelle* (n° 197)

Samuel Fuller
*L'Inexorable Enquête* (n° 190)
*La Grande Mêlée* (n° 230)

Barry Gifford
*Port Tropique* (n° 68)
*Sailor et Lula* (n° 107)
*Perdita Durango* (n° 140)
*Jour de chance pour Sailor* (n° 210)
*Rude journée pour l'homme-léopard* (n° 253)

David Goodis
*La Blonde au coin de la rue* (n° 9)
*Beauté bleue* (n° 37)
*Rue Barbare* (n° 66)
*Retour à la vie* (n° 67)
*Obsession* (n° 75)

James Grady
*Le Fleuve des ténèbres* (n° 180)
*Tonnerre* (n° 254)

Russell H. Greenan
*Sombres Crapules* (n° 138)
*La Vie secrète d'A. Pendleton* (n° 156)
*C'est arrivé à Boston ?* (n° 205)
*La Nuit du jugement dernier* (n° 237)

Joseph Hansen
*Par qui la mort arrive* (nº 4)
*Le petit chien riait* (nº 44)
*Un pied dans la tombe* (nº 49)
*Obédience* (nº 70)
*Le Noyé d'Arena Blanca* (nº 76)
*Pente douce* (nº 79)
*Le Garçon enterré ce matin* (nº 104)
*Un pays de vieux* (nº 155)
*Le Livre de Bohannon* (nº 214)

John Harvey
*Cœurs solitaires* (nº 144)
*Les Étrangers dans la maison* (nº 201)
*Scalpel* (nº 228)

George V. Higgins
*Les Copains d'Eddie Coyle* (nº 114)
*Le Contrat Mandeville* (nº 191)
*Le Rat en flammes* (nº 243)

Tony Hillerman
*Là où dansent les morts* (nº 6)
*Le Vent sombre* (nº 16)
*La Voie du fantôme* (nº 35)
*Femme-qui-écoute* (nº 61)
*Porteurs-de-peau* (nº 96)
*La Voie de l'Ennemi* (nº 98)
*Le Voleur de temps* (nº 110)
*La Mouche sur le mur* (nº 113)
*Dieu-qui-parle* (nº 122)
*Coyote attend* (nº 134)
*Le Grand Vol de la banque de Taos* (nº 145)
*Les Clowns sacrés* (nº 244)

Chester Himes
*Qu'on lui jette la première pierre* (nº 88)

Dolores Hitchens
*La Victime expiatoire* (nº 89)

Geoffrey Homes
*Pendez-moi haut et court* (nº 93)
*La Rue de la femme qui pleure* (nº 94)

Dorothy B. Hughes
*Et tournent les chevaux de bois* (nº 189)
*Chute libre* (nº 211)

William Irish
*Manhattan Love Song* (nº 15)
*Valse dans les ténèbres* (nº 50)

William Kotzwinkle
*Midnight Examiner* (nº 118)

Jonathan Latimer
*Gardénia rouge* (nº 3)
*Noir comme un souvenir* (nº 20)

Michel Lebrun
*Autoroute* (nº 165)
*Le Géant* (nº 245)

Elmore Leonard
*ZigZag Movie* (nº 220)
*Maximum Bob* (nº 234)

Bob Leuci
*Captain Butterfly* (nº 149)

Ted Lewis
*Le Retour de Jack* (nº 119)
*Sévices* (nº 152)
*Jack Carter et la loi* (nº 232)
*Plender* (nº 258)

Richard Lortz
*Les Enfants de Dracula* (nº 146)
*Deuil après deuil* (nº 182)
*L'Amour mort ou vif* (nº 206)

John D. Mac Donald
*Réponse mortelle* (nº 21)
*Un temps pour mourir* (nº 29)
*Un cadavre dans ses rêves* (nº 45)
*Le Combat pour l'île* (nº 51)
*L'Héritage de la haine* (nº 74)

John P. Marquand
*Merci Mr Moto* (nº 7)
*Bien joué, Mr Moto* (nº 8)
*Mr Moto est désolé* (nº 18)
*Rira bien, Mr Moto* (nº 87)

Richard Matheson
*Échos* (nº 217)

Helen McCloy
*La Somnambule* (nº 105)

William McIlvanney
*Les Papiers de Tony Veitch* (nº 23)
*Laidlaw* (nº 24)
*Big Man* (nº 90)
*Étranges Loyautés* (nº 139)

Marc Menonville
*Jeux de paumes* (n° 222)
*Walkyrie vendredi* (n° 250)

Ronald Munson
*Courrier de fan* (n° 226)

Tobie Nathan
*Saraka bô* (n° 186)

Jim Nisbet
*Les damnés ne meurent jamais* (n° 84)
*Injection mortelle* (n° 103)
*Le Démon dans ma tête* (n° 137)
*Le Chien d'Ulysse* (n° 161)

Kyotaro Nishimura
*Petits crimes japonais* (n° 218)

Jack O'Connell
*B.P. 9* (n° 209)

Liam O'Flaherty
*L'Assassin* (n° 247)

Jean-Hugues Oppel
*Brocéliande-sur-Marne* (n° 183)
*Ambernave* (n° 204)
*Six-Pack* (n° 246)

Abigail Padgett
*L'Enfant du silence* (n° 207)

Hugues Pagan
*Les Eaux mortes* (n° 17)
*La Mort dans une voiture solitaire* (n° 133)
*L'Étage des morts* (n° 179)
*Boulevard des allongés* (n° 216)

Bill Pronzini
*Hidden Valley* (n° 48)

Bill Pronzini/Barry N. Malzberg
*La nuit hurle* (n° 78)

Michel Quint
*Billard à l'étage* (n° 162)
*La Belle Ombre* (n° 215)

Diana Ramsay
*Approche des ténèbres* (n° 25)
*Est-ce un meurtre ?* (n° 38)

Philippe Setbon
*Fou-de-coudre* (n° 187)
*Desolata* (n° 219)

Roger Simon
*Le Clown blanc* (n° 71)
*Génération Armageddon* (n° 199)

Pierre Siniac
*Les mal lunés* (n° 208)
*Sous l'aile noire des rapaces* (n° 223)
*Démago Story* (n° 242)
*Le Tourbillon* (n° 256)

Les Standiford
*Pandémonium* (n° 136)

Richard Stark
*La Demoiselle* (n° 41)
*La Dame* (n° 170)

Richard Stratton
*L'Idole des camés* (n° 257)

Vidar Svensson
*Retour à L.A.* (n° 181)

Paco Ignacio Taibo II
*Ombre de l'ombre* (n° 124)
*La Vie même* (n° 142)
*Cosa fácil* (n° 173)
*Quelques nuages* (n° 198)
*À quatre mains* (n° 227)

Ross Thomas
*Les Faisans des îles* (n° 125)
*La Quatrième Durango* (n° 171)

Jim Thompson
*Liberté sous condition* (n° 1)
*Un nid de crotales* (n° 12)
*Sang mêlé* (n° 22)
*Nuit de fureur* (n° 32)
*À deux pas du ciel* (n° 39)
*Rage noire* (n° 47)
*La mort viendra, petite* (n° 52)
*Les Alcooliques* (n° 55)
*Les Arnaqueurs* (n° 58)
*Vaurien* (n° 63)
*Une combine en or* (n° 77)
*Le Texas par la queue* (n° 83)
*Écrits perdus (1929-1967)* (n° 158)
*Le Criminel* (n° 167)
*Écrits perdus (1968-1977)* (n° 177)
*Hallali* (n° 195)
*L'Homme de fer* (n° 196)
*Ici et maintenant* (n° 229)

Masako Togawa
*Le Baiser de feu* (nº 91)

Armitage Trail
*Scarface* (nº 126)

Marc Villard
*Démons ordinaires* (nº 130)
*La Vie d'artiste* (nº 150)
*Dans les rayons de la mort* (nº 178)
*Rouge est ma couleur* (nº 239)

Donald Westlake
*Drôles de frères* (nº 19)
*Levine* (nº 26)
*Un jumeau singulier* (nº 168)
*Ordo* (nº 221)

Janwillem Van De Wetering
*Comme un rat mort* (nº 5)
*Sale Temps* (nº 30)
*L'Autre Fils de Dieu* (nº 33)
*Le Babouin blond* (nº 34)
*Inspecteur Saito* (nº 42)
*Le Massacre du Maine* (nº 43)
*Un vautour dans la ville* (nº 53)
*Mort d'un colporteur* (nº 59)
*Le Chat du sergent* (nº 69)
*Cash-cash millions* (nº 81)
*Le Chasseur de papillons* (nº 101)

Harry Whittington
*Des feux qui détruisent* (nº 13)
*Le diable a des ailes* (nº 28)

Charles Willeford
*Une fille facile* (nº 86)
*Hérésie* (nº 99)
*Miami Blues* (nº 115)
*Une seconde chance pour les morts* (nº 123)
*Dérapages* (nº 192)
*Ainsi va la mort* (nº 213)

Charles Williams
*La Fille des collines* (nº 2)
*Go Home, Stranger* (nº 73)
*Et la mer profonde et bleue* (nº 82)

Timothy Williams
*Le Montreur d'ombres* (nº 157)
*Persona non grata* (nº 203)

Daniel Woodrell
*Sous la lumière cruelle* (n° 117)
*Battement d'Aile* (n° 121)
*Les Ombres du passé* (n° 194)

## Rivages/mystère

Charlotte Armstrong
*Le Jour des Parques* (n° 13)
*L'Inconnu aux yeux noirs* (n° 15)
*Une dose de poison* (n° 21)

Francis Beeding
*La Maison du Dr Edwardes* (n° 9)
*La mort qui rôde* (n° 12)
*Un dîner d'anniversaire* (n° 18)

Algernon Blackwood
*John Silence* (n° 8)

Jypé Carraud
*Tim-Tim Bois-Sec* (n° 22)

Mildred Davis
*Crime et chuchotements* (n° 14)
*Passé décomposé* (n° 16)
*Un homme est mort* (n° 20)

Michael Dibdin
*L'Ultime Défi de Sherlock Holmes* (n° 17)

John Dickson Carr
*En dépit du tonnerre* (n° 5)

William Kotzwinkle
*Fata Morgana* (n° 2)

Alexis Lecaye
*Einstein et Sherlock Holmes* (n° 19)

John P. Marquand
*À votre tour, Mister Moto* (n° 4)

Anthony Shaffer
*Absolution* (n° 10)

J. Storer-Clouston
*La Mémorable et Tragique Aventure de Mr Irwin Molyneux* (n° 11

Rex Stout

*Le Secret de la bande élastique* (n° 1)
*La Cassette rouge* (n° 3)
*Meurtre au vestiaire* (n° 6)

Josephine Tey

*Le plus beau des anges* (n° 7)

Achevé d'imprimer en décembre 1996
sur les presses de l'Imprimerie Hérissey
à Évreux – Eure
pour le compte
des Éditions Payot & Rivages
106, bd Saint-Germain - 75006 Paris

1re édition

Dépôt légal : décembre 1996
N° d'imprimeur : 75417